보통사람들의
만만한 글쓰기

보통사람들의
만만한 글쓰기

초판 1쇄 인쇄 _ 2021년 4월 25일
초판 1쇄 발행 _ 2021년 5월 5일

지은이 _ 오기선

펴낸곳 _ 바이북스
펴낸이 _ 윤옥초
책임 편집 _ 김태윤
책임 디자인 _ 이민영

ISBN _ 979-11-5877-235-2 03800

등록 _ 2005. 7. 12 | 제 313-2005-000148호

서울시 영등포구 선유로49길 23 아이에스비즈타워2차 1005호
편집 02)333-0812 | 마케팅 02)333-9918 | 팩스 02)333-9960
이메일 postmaster@bybooks.co.kr
홈페이지 www.bybooks.co.kr

책값은 뒤표지에 있습니다.
책으로 아름다운 세상을 만듭니다. — 바이북스

미래를 함께 꿈꿀 작가님의 참신한 아이디어나 원고를 기다립니다.
이메일로 접수한 원고는 검토 후 연락드리겠습니다.

글쓰기는 소질이 아닌 소양이다

보통사람들의
만만한 글쓰기

오기선 지음

바이북스
ByBooks

글쓰기는 소질이 아닌 소양이다

당황. 처음 입사한 신입직원의 반응이다. 왜 당황이냐고? 기획서부터 보고서, 심지어 E-MAIL 한 통을 보내는 것까지 대부분 직장에서 생각보다 많은 글쓰기가 필요하기 때문이다. 사실 이 당황은 입사 훨씬 이전부터 시작된다. 학창시절 누구나 글쓰기 때문에 애먹은 적이 있다. 인터넷 창에 글쓰기만 검색하더라도, 글쓰기 때문에 어려움을 겪고 있는 학생들을 어렵지 않게 찾아 볼 수 있다.

꽤 이름 있다는 명문대에 입학한 친구나 동생들의 연락이 빗발치는 시기가 있다. 과제를 부탁하기 위해서다. 도무지 배운 내용을 글로 풀어낼 자신이 없단다. 졸업할 즈음에 또 연락이 온다. 자기소개서를 쓰는 것이 막막하니까. 도와 달라는 내용이다. 사실을 근거로 그럴싸하게 포장해 달라는 이야기다. 속으로 생각한다. '공부만 잘하는 바보'.

초등학교 6년, 중·고등학교 6년. 합쳐서 12년을 글쓰기를 배운다. 그림일기부터 논술까지. 하지만 사회초년생에게는 여전히 배워야 할

숙제 같은 존재다. 실질적으로 무엇인가를 생각하고, 그 생각을 글로 쓸 수 있는 능력 배양이 안 됐다는 이야기다. 우리 보통사람들의 이야기다

반면 글쓰기로 자신의 분야에서 경쟁력을 갖고 사는 사람들이 있다. 특별히 문학이나 국어국문을 전공한 것도 아니다. 그런데 읽다 보면 그의 삶이 묻는 글 속으로 자연스럽게 빠져든다. 글을 쓰는 일을 주업으로 하고 있으면서도 감탄이 나온다. 결국 한 편, 한 편의 글은 콘텐츠가 되고 경쟁력이 된다. 차이는 생각과 경험을 글로 표현할 수 있느냐, 없느냐의 문제다.

특히 사회초년생에게 글쓰기는 필수적으로 배워야 할 교양이다. 글쓰기는 사회생활의 경쟁력이 될 수 있기 때문이다.

20대. 더 세부적으로 분류하면 학생과 직장인 정도로 나눌 수 있을 것 같다. 물론 취업준비생도 포함이다. 20대 학생들에게 글쓰기가 요구되는 부분은 과제다. 좋은 점수를 받기 위해서다.

취업준비생이라면 당연히 자기소개서다. 자기소개서는 취업으로 가는 첫 번째 관문이다. 얼마나 '자기소개서를 통해 자신을 어필할 수 있느냐'가 면접으로 가는 길을 결정한다. 자기소개서가 엉망이면 면접관의 얼굴을 보는 것조차 불가능하다.

취업 이후에는 더욱 글쓰기 능력이 빛을 발한다. 기획서부터 보고서 심지어 E-MAIL까지 모두 글쓰기의 영역이다. 때로는 잘 보낸 E-MAIL 한 통이 계약의 물꼬를 트기도 한다. 직장생활의 많은 부분이

글쓰기를 통해 의사소통이 이뤄진다. 중요한 전화를 걸기 전, 글로 전할 부분들을 전해보라. 그 글쓰기는 말이 되어 상대를 설득한다. 글쓰기가 사회초년생의 필살기가 될 수 있는 이유다. 설득력을 갖출 수 있다는 것이다.

글쓰기는 '훈련'이다. 하지만 학교 교육 과정 속에서 제대로 훈련받지 못했기 때문에 막상 무엇인가 써서 제출해야 하는 상황이 생기면 대략 난감, 당황, 당혹이다. 자기소개서를 써야 하는 취준생이 그렇고 갓 입사한 신입직원이 그렇다. 보통사람, 우리 모두의 이야기다.

많은 사람이 글쓰기를 특별한 능력으로 생각한다. 즉 '소질'이라고 생각한다. 사실 어렸을 때부터 세뇌됐다고 표현하는 게 더 맞을지도 모른다. 글쓰기를 특별한 사람들의 특별한 재능으로 여긴다. 하늘이 부여한 특별한 재능이라고 생각하기 때문에 글쓰기 자체를 멀리하거나 '자신과는 상관없는 일'쯤으로 치부한다. 작가들만의 세계일 뿐이다.

사실 '특별한 재주'라는 생각을 가졌던 것 같다. 대학시절까지도 말이다. 알 수 없는 선민의식에 살았다. 너무 당연한 기술임에도 불구하고 선택받았다는 착각에 빠져 살았다.

18세가 되기까지 글을 쓰며 살아가게 될지 상상도 못 했다. 사실 딱히 하고 싶은 일이 있었던 것도 아니다. 딱 한 가지 달랐던 것은 독서량이 비정상적일 정도로 많았다는 점이다. 중학교 2학년~고등학교 1학년 시기가 특별히 그랬다. 물론 무협지와 판타지소설이 주류를 이뤘지만 도서관의 하루 대출량인 5권을 늘 채웠다. 그것도 매일. 책 속의 세계는 현실을 도피하는 창구였다. 그렇게 글은 나의 삶을 찾아 왔다.

하지만 글쓰기와는 담을 쌓고 살았다. 독서기록은 물론 일기도 쓰지 않았다. 국어시간이나 작문시간에 글을 써서 내는 과제가 제일 싫었다. 백일장은 그야말로 특별한 그들만의 세계였다. 글쓰기를 싫어하는, 혹은 어려워하는 보통의 학생일 뿐이었다.

무슨 바람이 들었는지 문예창작과에 가서 문학을 전공해 보고 싶은 생각이 들었다. 한 잡지를 읽었고, 글을 쓰며 살아야겠구나 생각을 했다. 글을 통해 무언가 돕는 사람이 되고 싶었다. 어쩌면 특별한 사람처럼 보이고 싶었나 보다.

학교에는 다양한 사람들이 있었다. 글쓰기에 천부적인 재능이 있는 친구가 있는가 하면 그저 점수에 맞춰서 입학한 친구도 있었다. 당시 우리 과에는 실기가 없었다. 지금은 실기가 포함됐지만 당시에는 내신과 수능점수로만 입학할 수 있었다. 그러다 보니 오히려 더 다양한 학생들이 모일 수 있었던 것 같다. 랩을 쓰고, 랩을 하는 친구도 있었고, 밴드를 하는 친구도 있었다. 다양한 만큼 사연도, 글도 다양했다.

그런데 재밌는 사실은 이들의 끝이 처음과 같지는 않았다. 시작은 화려했지만 오히려 글쓰기에 흥미를 잃어 학교를 떠나는 친구가 있었고 처음에는 글쓰기 초보였지만 졸업할 때는 멋진 글을 써내는 친구도 있었다. 지금도 글쓰기를 업으로 삼고 기자나 기업의 홍보팀에서 일하고 있는 친구도 더러 있다. 보통사람의 특별한 글쓰기였다.

직장에서도 마찬가지다. 2014년부터 현재까지 일하고 있는 곳의 홍보팀의 경우 영상, SNS, 신문, 보도자료 등의 업무가 한 팀에서 이뤄지다 보니 글쓰기를 전문적으로 배우지 못한 후배들이 직접 글을 써야 하는 경우가 많다. 신문기사도 쓰고 영상 대본도 쓴다. 기획서도 쓰고 보고서도 쓴다. 이때 인턴 기간 1~2개월 훈련을 시켜보면 제법 그럴싸한 글을 써낸다.

처음에는 내용도 뒤죽박죽이고 표현도 참신하지가 않다. 재미가 없다. 주제가 잘 전달되지 않는다. 원고는 빨갛게 물든다. 하지만 몇 번의 교육과 연습 후에는 제법 사람의 마음을 움직이는 글을 써온다. 내가 독자라도 후원하고 싶다고 생각될 정도다. 글쓰기는 재능이기보다 훈련에 의한 노력의 산물이다.

글 쓰는 일을 주업으로 하다 보니 지인들에게 글쓰기를 가르칠 일이 자주 생긴다. 그 결과 글쓰기는 특별한 재능이 아니었다. 교사가 필요했고 훈련이 필요했던 것뿐이다. 특히 우리가 실생활에서 사용하는 실용글쓰기에서는 더욱 그랬다.

글쓰기는 '소질'이 아니라 '소양'이다. 온라인상에서 운영하고 있는 만만한글쓰기연구소의 모토다. 소질은 '본디부터 가지고 있는 성질. 또는 타고난 능력이나 기질'이라는 사전적 의미를 갖고 있다. 소양은 '평소 닦아 놓은 학문이나 지식'이라는 뜻을 갖고 있다.

누군가가 친절하게 글감을 찾는 법, 논리정연하게 문장을 나열하는 법, 제목을 다는 법, 퇴고하는 법 등을 알려주고 함께 글쓰기 훈련을 한다면 높은 수준의 글을 완성하는 모습을 볼 수 있었다. 이후에는 그들만의 색깔이 생긴다.

이 책의 내용이 '글쓰기의 정석'이라고는 할 수 없다. 사회초년생의 시기에 겪었던 실패담이며 사회초년생들과 함께 겪은 훈련 교본이다. 또한 글쓰기를 직업으로 삼고 있는 한 사람이 현장에서 처절하게 싸우고 고민하며 익히고 배운 노하우다.

부디 이 책이 밑거름되어 글쓰기가 보통의 사회초년생들에게 소양이 될 수 있기를, 글쓰기를 더욱 가깝고 만만하게 보는 보통사람들이 많아지기를 기대해 본다. 지금도 글쓰기에 머리를 싸매고 있는 보통사람들에게 응원의 메시지를 보낸다.

차례

응용편

자기소개서 쓰기

1
이론편

독자가 글쓰기의
처음과 끝이다

결국 바탕은 글쓰기의 기본기다.

기본기가 없이 무턱대고 시작했다가는 얼마 되지 않아 밑천을 드러낸다. 하얀 백지는 그대로, 경쟁력도 그대로 멈춰버린다. 탄탄한 기본기는 '무엇을', '누구에게'를 아는 것에서부터 시작된다.

글쓰기는 곧 '대화'다

자기소서개를 쓰든, 기획서를 쓰든, 무엇을 쓰든 글쓰기 자체가 무엇인지 알아야 한다. 쉽게 말해 기본기라고 할 수 있다. 기본기가 탄탄하지 않다면 한두 줄도 쓰기도 쉽지 않다. 그런 사람들에게 A4 용지 한 장이라니. 무엇을 써야 할지, 누구에게 써야 할지 모르기 때문에 내용은 뒤죽박죽이 되어 버릴 수밖에 없다. 실전 글쓰기에 앞서 큰 틀에서의 글쓰기를 먼저 배워야 그 바탕 위에 자신만의 이야기를 담을 수 있다.

글쓰기를 단순하게 표현한다면 어떻게 쓸 수 있을까? 많은 이견이 있겠지만 '글쓰기는 대화'라는 말은 모두가 공감한다. 글쓰기는 독자와의 대화인 동시에 작가 자신과의 대화다.

사람은 대화를 통해 어떠한 정보, 어떠한 감정들을 주고받는다.

글쓰기도 마찬가지다. 말이 아닌 글로 전달하고자 하는 정보나 감정이 있다. 목적이 있다는 말이다.

말과 글은 공통점이 있다. 누군가를 설득하고 정보나 감정을 전달한다. 말을 잘하는 사람은 누구인가? 효과적이고 효율적으로 전달하고자 하는 내용을 전달하는 사람이다. 그래야 공감을 이끌어 낼 수 있고 설득할 수 있다.

글쓰기를 배워야 하는 이유가 여기에 있다. 전달하고자 하는 내용을 효율적으로 전할 수 있는 또 하나의 방법이기 때문이다. 말과 글은 통한다.

글을 논리 정연하게 잘 쓸 수 있는 사람은 말도 잘한다. 커뮤니케이션 능력이 높아진다는 말이다. 둘 다 '대화'라는 공통점이 있기 때문이다.

글쓰기에서도 마찬가지다. 써놓은 글을 소리 내어 읽다 보면 오타도, 비문도 확인된다. '턱'하고 막히는 그 부분을 다시 읽어보면 언제나 어색하다. 막힌 부분을 고치고 다시 읽어보면 술술 읽힌다.

글쓰기를 통해 머릿속에 수많은 감정과 정보들이 정리된다. 그 글을 말로 바꾸면 설득력을 높일 수 있다. 사회 초년생 시절부터 들인 습관이 있다. 어떤 이유로 전화를 하든 먼저 간단한 글로 정리해 본다. 그리고 몇 번 읽어본다. 중요한 전화일수록 더욱 그렇다. 전하고자 하는 바를 놓치지 않고 정확하게 전달할 수 있다. 그만큼 말과 글은 가깝다. 특히 소리 나는 대로 적도록 고안된 한글이라면 말이다.

특히 최근에는 SNS와 정보통신이 발달하면서 글쓰기의 중요성이 높아지고 있다. 시대가 바뀌면서 많은 업무와 커뮤니케이션이 글로 이뤄지는 경우가 많다. 사람들의 관심을 끄는 글 하나로 돈을 버는가 하면 좋은 책 한 권으로 순식간에 유명인이 되어 있기도 하다.

온라인에서도 글을 활용해 콘텐츠를 만들어 성공한 사람들은 쉽게 찾아볼 수 있다. 모두가 글쓰기를 통해 소통한다. 글쓰기는 확실한 소통의 도구다.

내면에 말 걸기

'우리는 왜 글을 쓰는가?' 글을 쓰는 데는 모두 목적이 있다. 누군가는 자신의 역사를 기록하기 위해 글을 쓴다. 일기와 같은 종류의 글이다. 또 어떤 사람은 전업작가로서 글을 쓴다. 또 어떤 사람은 결과나 계획을 보고하기 위해서 글을 쓴다. 누군가는 한 여자의 혹은 한 남자의 마음을 얻기 위해 글을 쓴다.

가장 먼저 생각해봐야 할 부분이 있다. 글쓰기는 '내면에 말 걸기' 라는 사실이다. 사람들은 글쓰기를 통해 내면에 말을 걸고 무엇인가를 끄집어낸다. 글쓰기 행위를 통해 머릿속에 단순히 떠돌던 정보들이 정리된다. 감정이 정리된다. 때로는 잊고 있던 과거의 일들이 생각나기도 한다. 그렇게 자신과 마주한다. 이것이 내면에 말 걸기의 개념이다.

　일기와 같이 사적인 글쓰기든, 보고서 등의 공적인 글쓰기이든 마찬가지다. 글쓰기를 통해 내면에 말을 건다. 하얀 백지 위에서 내면에 문을 두드린다. 그러다 보면 한편의 글이 완성되어 있다. 글을 쓰다 보면 내면에 문을 두드린다.

　일기를 예로 들어보자. 나는 별 볼 일 없는 하루를 보냈다. 평소처럼 출근했고 일을 했다. 퇴근 후에는 아내와 저녁을 먹고 대화를 했다. 그리고 잠자리에 들었다.

　이 이야기를 일기를 쓰려고 자판 앞에 앉는다. 이리저리 머리를 굴리다 보면 단순히 지나갔던 에피소드들이 스친다. 출근길에 들었던 노랫말과 함께 지나간 옛일들이 떠오른다.

　물론 업무를 하면서 받았던 스트레스들도 함께 지나간다. 그렇게도 풀리지 않던 프로젝트에 대한 아이디어들이 떠오르기도 한다. 풀리지 않았던 글의 해답이 생각나기도 한다. 머릿속에 복잡했던 것들이 정리된다.

　아내와의 대화는 어떤가? 저녁 식사 중 과거에 아내와 했던 이야기들도 생각난다. 함께 본 드라마의 주인공들에 관한 이야기도 생각이 나기 시작한다.

　기사를 쓰다 보면 취재는 했지만 잊고 있었던 것들이 떠오르거나 이전에 취재해 놓았던 내용이 연관지어 생각나기도 한다. 같은 원리다.

자기소개서를 쓴다고 상상해 보자. 가정환경, 학교생활 등 모든 개인의 역사가 눈앞에 펼쳐 진다. 과거의 자신에게 말을 걸며 기억을 꺼낸다. 아픈 상처도, 기쁜 기억도 말이다.

글쓰기는 감정의 정화도 가져온다. 정신분석에서는 무의식 속에 잠겨 있는 마음의 상처나 콤플렉스를 말이나 행위로 밖으로 발산시켜 치료하는 요법을 정화법 등으로 정의하고 있다. 즉 감정을 표출시킴으로써 스트레스를 해소하고 감정을 정리할 수 있다는 것이다.

글쓰기는 내면에 말을 걸고 감정을 표출시키는 좋은 방법이다. 이를 '감정을 배설한다'라고도 하는데 글쓰기는 다른 이에게 피해를 주지 않는 좋은 감정 표출 수단이 되기도 한다. 격한 감정 표출로 작성된 글은 지워버리면 되니 말이다.

또 글쓰기 행위를 통해서 자신을 발견한다. 잊고 있었던 과거나, 일들이 기억나기도 한다. 만났던 사람들이 생각나기도 한다. 삶에 있어서 자신을 돌아보는 일은 매우 중요하다. 역사 속에서 해답을 찾듯, 글쓰기를 통해 자신을 만나고 문제에 대한 해결의 실마리를 찾기도 한다. 글쓰기가 우리에게 주는 큰 유익 중 하나다.

독자에게 말 걸기

글쓰기가 우리의 내면만을 위해서 존재한다면 배울 만한 가치가 그리 높지 않다. 하지만 글쓰기가 독자에게는 거는 대화라면 이야기가 달라진다. '설득력'이라는 '경쟁력'을 얻게 되니 말이다.

글을 쓰는 작가는 독자를 위한 수다쟁이다. 소설가라면 허구의 이야기를 지어 수다를 떠는 것일테고 시인이라면 시로 수다를 떠는 수다쟁이다. 회사원이라면 상대에게 수다를 떠는 수다쟁이다. 수다는 공감이 되고 설득이 된다. 친구와 카페에 앉아 대화를 한다고 생각하자. 글쓰기가 쉬워지는 방법이다.

서두부터 '독자'를 강조하는 이유는 두 가지다. 첫째는 앞서 말했듯 글쓰기는 어떤 목적이 있기 때문이다.

당신이 쓰는 글에는 독자가 없다고? 오해다. 예를 들어보자. 당신은 대학생이다. 중간고사 시험은 과제로 대체한다는 공지가 나왔다. 흔히 우리가 겪을 수 있는 일이다. 분명 과제를 통해 좋은 점수를 얻어야 한다. 그렇다면 어떻게 해야 하는가? 주제와 예시, 내 생각을 포장해 '담당교수'를 설득시켜야 한다. 쉽게 말해 담당교수는 독자가 된다.

다시 당신이 회사원이라고 생각해 보자. 보고서를 써야 하는가? 상사는 당신의 독자가 된다. 또한 당신이 쓰는 메일 한 통에도 읽는 사람이 존재한다. 결재를 위해 알맞은 단어를 선택하고 배열해야 한다. 그래야 두 세 번의 고생 없이 결재할 수 있다. 쌓이면 경쟁력이 된다. 믿음을 주는 직원이라는 이미지를 만들 수 있다.

자기소개서를 쓰는가? 그 자기소개서를 읽는 인사담당자는 당신의 독자다. 독자를 감동시키고 설득시켜야 한다.

글쓰기는 독자에게 말 걸기다. 가진 사실이나 정보, 주장을 독자에게 알려 목적한 바를 얻어내야 한다. 그게 점수든, 계약이든, 공감이든 말이다.

작가에게는 '감동'이나 '공감'일 테고 회사원에게는 '결재'가 될 것이다. 판매담당자에게는 당연히 '물건구매'가 된다. 취준생에게는 '서류전형 합격'이 된다. 모두가 독자를 가졌다.

최근에는 거의 모든 분야에서 블로그나 카페, 페이스북, 트위터 등을 통해 광고한다. 마케팅의 일종이다. 직접 찾아가거나 전화를 걸어 마케팅하는 것에서 벗어나 인터넷 세계를 통해 정보를 알리고 상품을 알린다. 글쓰기가 필수로 갖춰야 할 무기인 이유가 여기에 있다.

우리는 인터넷을 통해 더 많은 사람을 만나고 더 많은 사람에게 상품을 소개할 수 있다. 여기서 상품은 물건뿐만 아니라 지식, 노하우 등 경쟁력이 되는 모든 것을 포함한다. 인터넷 세상은 우리가 잠든 시간에도 쉴 새 없이 돌아간다. 글은 우리를 대신해 일해 준다. 온라인 속 세계가 발달 할수록 글쓰기의 범위는 넓어질 수밖에 없다

상품을 찾기 위한 사람들은 인터넷 세상을 돌아다니고 있다. 그때 그럴싸하게 써 놓은 문장은 그들의 눈길을 잡는다. 우리가 잠을 자고

있는 그 시간에도 우리를 대신해 일하고 있다.

　문장은 끊임없이 그들에게 말을 건다. 그들에게 묻는다. '갖고 싶지?, 먹고 싶지? 이 물건 참 좋아' 하고 유혹한다. 사람들이 모이고 경쟁력이 된다.

　글쓰기는 삶의 경쟁력이다. 그것이 학교든, 직장이든 말이다. 말 한마디에 천 냥 빚을 갚듯이 문장 하나로 천 냥 빚을 갚는다. 앞서 말했듯이 글쓰기의 기본 전제는 '독자'다. 독자를 염두에 두고 글을 쓴다는 이야기다.

　4세 어린이에게 말을 건다고 생각해 보자. 온갖 전문용어를 다 써서 말을 건넬 것인가? 아니면 친근하게 그들의 눈높이에 맞춰 말을 건넬 것인가? 선택은 당신의 자유지만 결과는 극과 극이다.

　이 책에서는 반복적으로 독자를 강조한다. 효율적인 대화법을 배우고 익히듯이 효율적인 글쓰기 방법을 익혀야 글쓰기에 자신감을 가질 수 있기 때문이다.

　대화법에서 가장 중요한 것은 상대에 따라 어떤 대화법을 사용할 것이냐, 어떻게 내 생각을 전달할 것이냐에 대한 내용이다. 독자의 마음을 사로잡는 글쓰기를 할 때 글쓰기는 경쟁력이자 인생에서의 '신의 한 수'가 될 수 있다.

좋은 글은 어떤 글인가?

지금 좋은 글을 쓰고 있는가? 아니 다시 묻는다. 어떤 글이 좋은 글이라고 생각하는가? 사실 좋은 글과 나쁜 글을 구분한다는 것 자체가 모호하다. 읽는 사람, 쓰는 사람의 기준이 사람마다 제각각이기 때문이다. 하지만 글쓰기를 위해서는 좋은 글과 나쁜 글에 대한 나름의 보편적인 기준이 있다.

그렇다면 좋은 글과 나쁜 글의 기준은 무엇일까? 제일 중요한 조건은 독자를 배려하는 글이 좋은 글이다. 다른 말로 독자에게 도움을 주기 위한 글이다.

독자를 배려하지 않고 작성된 글은 1페이지조차 넘기기 쉽지 않다. 아니 문장에서부터 이해가 되지 않아 결국 독자들이 글을 덮게 만든다. 글을 쓰는 사람에게 독자는 고객이나 다름이 없다. 고객은 왕이다. 고객에게 필요한 것을 좋아하는 방식으로 전달해야 한다. 글의 주제를 효과적으로 전달하는 글이 좋은 글이라는 말이다.

둘째는 정보와 감정이 들어 있는 글이다. 독자는 글의 형식에 따라 어떤 글은 당신이 가진 정보를, 어떤 글은 당신의 감정을, 혹은 당신의 생각을 공유하게 된다. 그러므로 형식뿐만 아니라 내용 면에서도 단단하게 구성해야 한다.

독자는 글을 읽을 때 시간을 내서 읽는다. 여가시간이든, 출퇴근 길이든, 근무시간이든 독자는 자신의 인생 속 일부분을 사용하고 있다는 점을 명심해야 한다. 독자는 인생의 일부를 글에 투자한다. 그 시간은 다시는 오지 않는다. 독자들은 당신의 글에 소중한 시간을 투자한다는 사실을 잊지 말아야 한다. 좋은 내용을 좋은 방법으로 전달한다면 금상첨화다.

글쓰기의 처음과 끝 '독자배려'

글은 기본적으로 독자를 대상으로 한다. 대부분이 혼자만의 만족을 위해 쓰는 것이 아니라 자신이 가진 정보, 생각, 감정 등을 전달하기 위해 쓴다. 연애편지를 쓰는 이유를 생각해 보자. 사랑하는 마음을 상대방에게 전달하기 위해 쓴다. 제안서를 왜 쓰는가? 내 제안에 대해 상대방에게 설명하고 설득하기 위해서 쓴다. 자기소개서는 왜 쓰는가? 원하는 곳에 취업하거나 진학하는 것을 목적으로 한다. 담당자에게 자신을 어필하기 위해서다.

이렇듯 우리는 글을 '독자'라는 존재를 염두에 두며 쓴다. 글 쓰는 사람들이 마음에 새겨야 할 일이 있다. '독자배려'. 독자를 배려할 줄 알아야 목적을 이룬다.

한국의 독서량이 높지 않다고 한다. 1년에 1권의 책도 읽지 않는 사람의 비율이 상당히 높다. 하지만 단순히 책을 읽지 않아서 생긴 문제일까. 아니다. 책을 읽는 것 자체가 재미없기 때문이다. 무슨 차이냐고?

다시 말해 보자. 작가가 독자를 배려하지 않았기 때문이다. 독자들에게 문제가 있는 것이 아니라 책을 쓰는 작가들에게 문제가 있다. 독자를 배려하지 않고 자신의 세계 속에만 갇혀 있다. 소통이 안 된다.

작가 중심의 글쓰기는 분명 문제가 있다. 유명한 상을 탔다고 하는 작품을 많은 사람이 구입하고 읽기에 도전한다. 결과는 바로 책장행이다. 전혀 이해가 되지 않는 부분이 많다. 문단에서는 호평을 했다고 하는데 도저히 무슨 말인지 모르겠다. 억지로 읽어 내려갔지만 읽고 나면 시간이 아깝다는 생각이 든다.

이런 경험을 한 번쯤은 해봤을 것이다. 해설 글을 보아야 그제야 이해가 된다. 그게 현실이다. 독자 탓인가? 독자가 무식해서 그런가? 독자의 독서교육이 잘못됐다고 핑계만 댈 것인가? 아니다. 작가의 탓이 크다.

결과는 어떤가? 독자는 해석하기 어려운 문학작품은 저버리고 실질적인 도움이 되는 자기 계발서에 눈을 돌렸다. 깨달음도, 감동도 없었기 때문이다. 단언컨대 문학이든 비문학이든, 실용글쓰기든 기본적으로 독자를 배려해야 한다. 독자 중심에서 글쓰기 할 때 글쓰기도 쉬워질 수 있다.

글쓰기는 어떻게 보면 포장하는 일과 같다고 할 수 있다. 정보, 생각, 감정 등을 보기 쉽게 정리하는 것이 글쓰기 행위이기 때문이다. 날 것 그대로 상대방에게 보이기보다 뺄 것은 빼고 과장할 것은 과장해 독자에게 말을 건다.

선물하기 위해 상자에 고급시계를 넣어놓았다고 치자. 그런데 포장을 쓰레기로 잔뜩 해 놓았다면 바로 쓰레기통행이 될 것이다. 독자를 배려하지 않는 글쓰기는 쓰레기로 포장한 시계 상자와 같다. 아무리 좋은 내용도 전달 방식이 잘못되면 읽히지 않는다.

누구나 글을 잘 쓰기를 바란다. 그런데 현실은 어떠한가? 자신이 써놓고도 무슨 내용인지 모르겠단다. 이해가 되지 않는 말투성이다. 독자는커녕 자신이 읽어도 이해가 가지 않는다. 그래서 글쓰기를 포기한다. 대부분 독자를 배려하지 못한 경우다.

회사생활이라고 가정하자. 기획안의 독자는 상사다. 아무리 좋은 아이템이어도 전달이 안 되면 예산을 따낼 수 없다. 상품화 할 수 없다는 이야기다. 애써 썼다고 해도 끔찍한 일이 벌어진다. 애써 쓴 글에는 붉은 볼펜으로 잔뜩 수정된다. 혹은 눈앞에서 찢길지도 모른다.

다시 처음부터 다시 써야 한다. 아무리 좋은 아이템이라도 제대로 전달되지 않으면, 읽히지 않으면 소용없다.

글쓰기는 '독자'에게 전하는 편지와 같다. 그런데 독자가 이해하지 못한다면 앞에서 말한 쓰레기로 포장해 놓은 고급시계와 같이 된다. 다시 강조한다. 글쓰기에서 가장 중요한 점은 독자를 배려해야 한다.

작가는 전문가처럼 공부해야 한다. 하지만 전문가처럼 글을 쓰면 안 된다. 글을 쓰기 위한 사전 작업인 '취재' 과정에서는 전문 분야에 깊이 파고들어 공부해야 한다는 얘기다. 정확한 지식을 전달해야 하기 때문이다. 글을 쓸 때는 그 글을 읽을 독자들을 배려해야 한다. 재가공 없이 정보만 나열해 놓는다면 지식자랑에서 벗어날 수 없다.

글을 본격적으로 쓰기 전 대략적인 독자를 먼저 파악해야 한다. 쓰고자 하는 내용에 대해 전혀 모르는 사람이 대상이라면 최대한 전문용어는 자제한다. 어쩔 수 없이 사용하게 될 때는 그것에 대한 친절한 설명을 붙여줘야 한다. 마치 선생님이 학생을 가르칠 때처럼 예시와 설명도 적절히 곁들여야 한다.

'요즘 책방, 설민석의 책 읽어 드립니다'라는 프로그램이 있었다. 여기에 소개된 책들은 언제나 차트 역주행이었다. 미디어를 통해 대중에게 쉽고 재밌게 설명해 줬기 때문이다. 글쓰기도 마찬가지다. 독자가 대중이라면 쉽고 재밌게 설명할 수 있어야 한다.

하지만 읽은 사람이 전문가 수준의 지식을 갖춘 사람이라면 전문용어에 대한 설명을 빼도 무방하다. 오히려 단어나 의미에 대한 설명은 방해가 될 뿐이다. 그 자리에 독자의 수준에 맞는 지식을 더 첨가하면 더 많은 내용을 담을 수 있게 되니까 말이다. 이것이 독자 배려다.

특히 우리는 한자문화권에 있으므로 최대한 한자어는 우리말로 바꿔서 쓰려고 하는 노력이 필요하다. 더 정확한 전달을 위해서 말이다. 독자들을 헷갈리지 않게 하기 위해서다.

대부분 전문서적은 한자로 조합한 단어가 많으므로 읽기가 쉽지 않다. 내용을 그대로 글에 그대로 인용한다고 했을 때 오히려 글이 더 꼬이고 어려워질 수 있다. 전문적인 내용을 글에 풀어쓰는 것도 독자를 배려하는 좋은 방법의 하나다.

어느 날, 나이가 많은 선배가 내게 물었다. '6·25전쟁이 남침이냐? 북침이냐?' 통일이나 군과 관련된 업무를 하기 때문에 대적관이 확실해야 한다는 생각에서 질문했을 터다. 나는 "북한군이 남한을 침범했다"고 대답했다. 그는 말을 이어갔다. 요즘은 학교교육이 잘못돼서 학생들이 6·25전쟁이 남침인지, 북침인지도 모른다는 내용이 요지였다. 한참 동안 신문기사에서 본 내용을 설명한다.

나는 그의 말에 반기를 들었다. "그것은 질문 자체가 북침이냐, 남침이냐"였기 때문에 생겨난 해프닝이라고. 만약 '북한이 남한을 침범했느냐, 남한이 북한을 침범했느냐'고 물었다면 대부분의 학생이 '북한이 남한을 침범했다'고 대답했을 것이라고 말이다. 교육의 문제가 아니라 한자가 익숙하지 않는 학생들에게 질문과 보기 자체를 어려운 한자어로 내놓았기 때문에 '남침'이 '남한이 침범한건지', '남쪽을 침범한건지 확실치 않아 헷갈렸던 것'이라고 설명했다. 선배는 "그래도 그것은 아니지"라고 했지만 다시는 그 말을 꺼내지 않았다.

질문 자체가 학생들에게 애매했다고 생각한다. 예를 들어 '북한이 남한을 먼저 침범했다.', '남한이 북한을 먼저 침범했다'라고 표현했다면 설문결과는 달라졌을 수도 있다.

2020년 6·25전쟁 70주년 특별판을 준비하면서 청소년을 대상으로 설문조사를 했다. 실제로 어떨지도 궁금했다. 문제는 첫 질문은 쉽게 풀었지만, 편집장이 군이 '북침', '남침'으로 하라고 했다. 싸웠지만 결국은 북침, 남침으로 질문이 나갔다.

결과는 역시 '북침'이라고 설문에 응한 친구들이 꽤 많았다. 사실이 알고 싶었다. '북침'이라고 이야기 했던 친구들에게 문자를 보냈다. 북침의 뜻이 남한이 북한을 침범했다는 이야기냐고 말이다. 결과는 "말이 헷갈렸어요", "당연히 북한이 침범한 거죠" 등등 1명 빼고는 말이 헷갈렸다는 답문을 보내왔다.

확실한 건. 어려운 한문을 사용해 헷갈리게 한 문항 제시자의 잘못이다. 대상에게 맞게 문장을 제대로 사용했어야 했다.

우리 일상생활에서도 이러한 헤프닝은 어렵지 않게 찾아볼 수 있다. 동사무소를 방문해도 어려운 한자어로 된 행정용어들 때문에 난감한 상황을 만나기도 한다. 담당자에게 한참을 물어야 뜻이 이해가 간다. 어려운 법 관련 용어 때문에 법의 보호를 받지 못하는 사람도 많다. 우리가 사는 곳에는 이해하기 어려운 말들이 많다.

좋은 글은 독자를 배려한다. 이를 위해서는 읽기 쉬워야 한다. 편해야 한다. 결론은 쉬운 글은 간결하다. 단문이 대표적이다. 단순히 짧은 글이 아니라 동사를 하나만 갖는 문장이다. '무엇이 어찌하다', '무엇이 어떠하다', '무엇이 무엇이다' 등 주어와 서술어가 하나만 존재하는 문장이다. 단문의 반대는 복문이다.

긴 문장은 비문이 될 확률이 높다. 그리고 독자에게 제대로 된 정보를 전달할 수가 없다. 물론 긴 문장과 짧은 문장의 장단점이 있기 때문에 문장의 리듬을 고려해 적절히 작성하는 연습이 필요하다.

'지난 1990년부터 시작된 이 행사는 이제 30년 차를 맞으면서, 특별히 범국민적으로 21세기 운동으로 전개되고 있는 한국 청년 성장프로그램인 "XXXXXX"의 25년차인 당해연도를 맞는 0000년이 되는 새해에 총 22회에 걸쳐 약 7만 명 청년들을 대상으로 운영하겠다는 위대한 계획을 세우고 여러분과 함께 섬김을 다하고자 합니다.'

실제로 외부 단체에 전달하기 위해 작성된 공문의 내용을 각색해 봤다. 무슨 말인가? 후배가 얼굴이 하얗게 질려서 찾아왔다. 공문 수

정지가 내려왔는데 도저히 무슨 말인지 모르겠단다. 국어국문과를 전공한 후배도 난감했던지 도움을 요청한 것이다.

끊어서 정리해 보자.

① 본 행사는 지난 1990년부터 시작돼 30년 차를 맞았다.
② 특별히 이 행사는 범국민적 21세기 운동으로 전개되고 있는 한국 청년 성장프로그램인 XXXXXX의 일환으로 추진되어 왔다.
③ XXXXXX는 25차를 맞았고 목표연도를 0000년도로 잡았다.
④ XXXXXX 목표연도가 되는 0000년도 더욱더 많은 결과를 내기 위해 새해에는 22회에 걸쳐 7만 명을 대상으로 본 행사를 개최할 예정이다.
⑤ 이 위대한 계획에 함께해달라.

하나씩 끊어서 정리해 보면 위처럼 정리해 볼 수 있다.

이 문장이 들어 있는 공문을 받은 사람 입장해서 생각해 보자. 과연 '함께하고 싶다'는 생각이 들겠는가. 읽고 싶은 생각이 들겠는가. 긴 문장은 한 번에 여러 내용을 담고 있기 때문에 복잡하고 어려워질 수밖에 없다. 스티븐 킹은 《유혹하는 글쓰기》에서 글쓰기에서 정말 심각한 잘못은 낱말을 화려하게 치장하는 것이라고 지적한 바 있다. 쉬운 낱말을 쓰면 어쩐지 좀 창피해서 굳이 어려운 낱말을 찾게 된다고. 진짜 창피한 것은 독자가 이해하지 못하는 글을 쓰는 일 아닐까 화려한 수사에만 집중한다면 문장이 비문이 될 뿐만 아니라 독자의 흥미도 끌어낼 수가 없다. 좋은 글에 대한 많은 정의는 많다. 하지만 가장 중요한 것은 한없는 '독자배려'임에는 틀림없다. 독자가 읽고 이해하기 쉽도록 쓰는 것이 핵심이다.

좋은 글은 독자를 살린다

문예창작과 입학을 앞두고 '좋은 글이란 무엇일까'라는 고민을 했었던 적이 있다. 그때의 고민은 여전히 기사를 쓰고, 글을 쓰는 최대 전제 조건이 되고 있다. 결론은 바로 좋은 글은 독자를 살린다는 사실이다.

고등학교 시절, 살던 집은 지하 단칸방이었다. 계단으로도 한참 내려가야 했다. 손바닥만 한 창문으로는 햇볕이 간신히 스며들었다.

지하 단칸방에는 화장실조차 없어 외부 공동 화장실을 사용해야만 했다. 화장실은 재래식에 가까웠다. 게다가 집이 학교와 가까워 화장실을 가려면 친구들을 만날까 봐 고개를 푹 숙이고 다녀와야 했다. 화장실이 없으니 당연히 샤워실도 없었다.

햇볕이 들지 않아 빨래에서는 냄새가 났다. 땀 냄새 같기도 하고 곰팡내와도 같았다. 영화 '기생충'을 보면서 깊이 공감했다. 영화 속의 '특유의 냄새'가 이해됐다. 몇 년간 내 몸에서 났기 때문이다. 영화를 보는 내내 그 냄새가 여전히 떠올랐다.

당시 별명은 '때밀이'였다. 옷에서 습한 곰팡내가 났다. 왕따 아닌 왕따가 된 것은 그 무렵의 일이다. 아주 오래전 70~80년대의 일일 거라고 생각되지만 2000년대 초의 일이다. 당연히 자존감은 낮아질 대로 낮아졌다. 집에 초대할 수도 다른 집에 초대를 받아도 갈 수가 없었다. 부끄러웠다.

그 시절 용기가 된 것은 도피처가 됐던 판타지 소설과 낡은 잡지 한 권이었다. 정확히 어떤 내용이었는지 기억은 안 나지만《낮은 울타리》라는 잡지였다. 사람들의 사는 이야기가 담겨 있던 잡지였다. 그들의 이야기를 보는 적잖은 위로가 됐다. 그래도 살아야겠다는 생각이 머리에 맴돌았다. 글들이 떠올랐다. 빈 노트의 노랫말이 됐고 시가 됐다. 위안이었다.

우리 집의 가난은 어떻게 보면 아버지의 부재였다. 2006년에 돌아가신 아버지는 당시에 따로 살고 계셨고 집에 빚을 남겨두었다. 그 빚은 결국은 지상의 집을 반지하 방으로, 지하단칸방으로 내몰았다.

그때 나는 신앙생활과 독서에 열중했다. 사실 집에는 가기 싫고 공부는 더더욱 싫어서 도서관에 빌려온 책들을 탐독했다. 어쩌면 세상을 등지고 싶었던 마음이었다. 그때 읽은 책 중 가장 깊게 인상이 남은 책은 조창인 작가의《가시고기》다.

지금도 가장 감명 깊게 읽은 책이 무엇이냐고 물으면 나는 가시고기를 꼽는다. 가시고기 속 아버지의 모습은 예수님과 같았다. 미안하다. 기독교인이 아니라면 하나의 공감이나 느낌이라고 생각해 달라. 그리고 우리 아버지와 같았다. 그 아버지의 모습에 나의 아버지가 투영됐다. 비록 몸은 떨어져 있을지라도 아들들은 지극히 생각하는 그런 아버지였기 때문이다. 책 한 권은 위로가 됐다.

어쩌면 그 아버지의 모습에 어머니가 투영된 것 같기도 하다. 아버지의 부재 속 어머니는 아침 일찍부터 밤늦게까지 식당일을 하고 돌아오시고는 했다. 그 모습을 지하 단칸방에서 그대로 볼 수밖에 없었다. 당시 어머니는 아들 둘만 바라보고 견뎌내셨다. 아들들이 어찌 되지는 않을까 노심초사였다.

어쨌든 가시고기 한 권은 아버지와 어머니 그리고 가족을 생각나게 했다. 어쩌면 그 속에서도 비뚤어지지 않았던 것은 그 속에 부모님이 투영됐기 때문은 아닐까 생각해 본다.

그때부터 마음속에 다짐하는 것이 한 가지 있다. 절대 사람을 죽이는 글을 쓰지 않겠다는 것. 사람을 살리는 글을 쓰고 싶다는 것. '단한 명이라도 나의 글을 읽고 삶을 생각해 볼 수 있다면 나는 성공한 인생을 살았다고 생각할 수 있겠다'는 열망이 문예창작과 지원 동기가 됐다.

좋은 글은 사람을 살린다. 딜레마도 있었다. 기자생활을 하다보면 한 단체, 한 인물에 대한 비판을 가할 때도 있기 때문이다. 그럼에도 불구하고 그것이 더 많은 사람을 살린다면, 혹은 그 단체나 인물이 기사를 통해 잘못된 길에서 돌아선다면 그것 또한 성공이라는 생각이었다. 그래서 더 칼을 날카롭게 갈았다. 환자가 수술해야 사는 것처럼 말이다.

지금도 후배들에게 주문한다. 비판을 가하더라고 나름의 대책을 내놓을 것. 왜냐하면 비판으로 끝나면 죽이는 글을 된다. 하지만 대책을 내놓는다면 결론적으로 살리는 글이 되기 때문이다. 분명한 것은 좋은 글은 사람을 살린다.

사람을 살린다는 말은 어찌 보면 사람에게 도움이 된다는 말이 된다. 자신이 가진 정보가 당신의 글을 통해 다른 사람에게 어떤 영향을 미치게 될지 한 번만 더 생각한다면 분명 좋은 글을 쓰게 되는 방향타가 된다.

최근 페이스북이나 유튜브 등으로 전달되는 정보들에 대해 우려가 되는 부분이 있다. 좋은 글과 좋은 콘텐츠가 있겠지만 많은 정보의 출처가 불분명하다. '현혹한다'는 말이 참 잘 어울릴 것 같다. 정보가 왜곡되기 쉽고 과장되기 싶다.

글은 정확한 정보를 갖고 써야 한다. 정확한 정보는 사람을 살리는 글의 기본이다. 잘못된 정보와 소스로 쓴 글은 당연히 좋은 글이 될 수 없다.

예를 들어 보자. 고혈압에 좋은 음식이라는 주제로 글을 쓴다고 생각해 보자.

고혈압은 침묵의 살인자라고 불릴 만큼 위험한 질환이다. 뇌졸

증, 심부전, 심근경색 등 무서운 합병증을 유발할 수 있기 때문이다. 더 우려되는 것은 일반적으로 성인 전체의 30% 이상이 고혈압에 해당된다는 사실이다.

하지만 평상시 생활습관을 개선하고 고혈압에 좋은 음식과 나쁜 음식을 체크하면서 관리할 경우 건강관리에 도움을 받을 수 있다.

여기까지는 좋은 정보를 갖고 있는 글이라고 볼 수 있다. 고혈압의 위험성으로 시작해 어떤 음식이 고혈압에 좋은지, 나쁜지 궁금증을 유발한 간단한 글이다. 그런데 결론에서

카페인은 교감신경을 활성화시키기 때문에 커피를 자주 마시는 습관은 좋다.

라고 정의한다면 어떻게 될까? 실제로 카페인은 교감신경을 활성화시켜 혈압이 상승하고 심장에 무리가 올 수 있기 때문에 오히려 고혈압 환자에게 나쁜 음식이라고 한다. 고혈압 환자가 글을 보고 커피 마시는 횟수를 늘렸다고 생각해 보자. 꽤 위험한 상황으로 전개될 수 있다. 이런 글은 좋은 글이 아니다. 실제로 이런 과대, 허위 광고는 널리고 널렸다.

좋은 글을 쓰기 위한 요건은

① 좋은 글은 사람을 살린다.

② 사람을 살리는 글은 사람에게 도움이 되는 글이다.

③ 사람에게 도움되는 글은 정확한 정보를 갖고 있다.

정도로 정리해 볼 수 있다. 이 세 단계를 염두한 상태에서 글을 쓴다면 좋은 글을 쓸 수 있는 기본 바탕을 만들었다고 생각해도 무방하다. 뒤에서 더 구체적으로 언급하겠지만 정확한 정보를 얻는 행위는 취재다. 정확하게 취재하고 정확한 정보를 얻어야 좋은 글을 쓸 수 있다. 글쓰기 소재가 정확하지 않으면 결국 독자에게 겨누는 칼이 된다.

지금, 그 글 소화했나요?

좋은 글은 정확한 정보를 갖고 써야 한다는 것을 언급했다. 다음으로 생각해 볼 것은 어떻게 써야 좋은 글의 요건을 갖출 수 있느냐는 것이다.

앞으로 돌아가 보자. 글쓴이는 독자를 배려해야 한다. 글을 읽는 독자를 정하고 그들의 배경지식의 정도를 파악한다. 그리고 정확한 정보 혹은 전달하고자 하는 감정을 글에 실어 독자에게 편지를 쓴다.

많은 직업군 중에 전달능력을 필수로 갖춰야 하는 것은 교사직군이다. 갑작스러운 교사 이야기에 의아할지도 모르겠다. 하지만 글을 쓰는 일은 누군가를 가르치는 일과 유사하기 때문에 언급하지 않을 수 없다.

교실을 상상해 보자. 학생들에게 과학을 가르쳐야 한다. 오늘은 만유인력을 가르쳐야 하는 날이다. 아래의 내용을 설명해야 한다.

> 뉴턴의 만유인력 법칙에 의하면 우주에 있는 두 개의 물체들은 그들의 질량에 비례하고 두 물체 사이의 거리의 제곱에 반비례하는 힘으로 서로를 끌어당긴다.

이 내용을 가르치는 교사에 따라 천차만별이다. 누군가는 사전 그대로 설명할 것이다. 그리고 무작정 외우라고 주문할 것이다. 또 누군가는 사과를 바닥으로 떨어뜨리는 실험을 통해 이해를 시킬 것이다. 누군가는 더 심화된 내용으로 뉴턴의 만유인력법칙에 대해 설명할 것이다.

물론 좋은 교사에 대한 기준은 다르다. 좋은 글쓰기에 대한 기준도 다르다. 하지만 독자, 교사라고 한다면 학생의 흥미를 끌어들이고 정보를 효과적으로 전달해야 한다. 글쓰기에 있어 중학교 2학년이 이해할 수 있을 정도의 난이도라면 평균치보다 조금 쉬운 정도가 될 것이다. 어떤 교사가 잘 가르치는 교사일까? 어떻게 가르치면 잘 가르치게 될까? 아래 세 가지 내용을 보자.

① 교사는 정확한 내용을 전달해야 한다.

② 교사는 전문적인 내용을 쉽게 풀어 연령에 맞게 해석, 학생들에게 전달해야 한다.

③ 쉬운 이해를 위해 다양한 예시를 들어 설명해야 한다.

정도로 정리해 볼 수 있을 것이다. 글쓰기로 돌아오자. '좋은 작가는' 혹은 '좋은 글은'으로 대체해 보자.

① 좋은 글은 정확한 내용을 전달한다.

② 좋은 글은 전문적인 내용을 쉽게 풀어 독자들에게 전달해야 한다.

③ 좋은 글은 쉬운 이해를 위해 다양한 예시를 통해 설명해야 한다.

처음부터 가장 강조하고 있는 것이 기억나는가? 바로 '독자'다. 작가 자신의 입장에서 글을 쓸 때 독자는 소외되게 되고 작가의 글은 읽히지 않는 글이 된다. 비유해 보면 포장도 뜯기지 않은 선물이 된다.

좋은 글은 작가의 입장이 아니라 독자의 입장에서 써야 한다. 독자의 연령대를 파악하고 독자의 배경지식을 판단해 보아야 한다. 그리고 친절하게 하고자 하는 이야기를 펼쳐 나가야 한다. 만약 기획안이나 보고서를 쓴다면 상사의 특징을 파악해야 한다는 말이다. 같은 내용을 쓸지라도 독자가 누구냐에 따라 표현을 다르게 해야 한다는 말이다 특히 전문지식을 다룰 경우 유의해야 할 사항이다. 전문지식을 사전 그대로 전달할 경우 독자는 흥미를 잃게 된다. 오히려 어려운 글이 된다. 자신이 먼저 소화시킨 후 쉽게 설명해야 한다. 필요하다면 예시를 들어서 설명해야 한다.

"지금 쓴 글에 대해 나한테 말로 한 번 설명해 볼래요?"

후배들이 가져오는 글을 보면 이런 말을 많이 하게 된다. 우리가 하고 있는 일에 대해 사전 그대로 정리를 하는 경우가 있다. 이런 경우에 물어보는 질문이다.

이 질문에 후배들은 당황한다. 계속 매뉴얼에 나온 이야기들만 이야기한다. 백이면 백 이해가 덜 된 상태이다. 취재가 안 된 상태다. 이해를 못했는데 독자를 어떻게 이해시키겠는가? 그 원고를 돌려주며 이야기한다.

"전화를 하든, 방문하든 담당자에게 더 배우고 이해하고 와요!"

추가 취재 과정을 거쳐 담당자의 설명을 듣고 나면 한결 좋은 원고가 나온다. 우리가 좋은 글을 쓰지 못하는 이유는 주제나 소재에 대한 이해가 적기 때문에 발생하는 경우가 많다. 제대로 소화를 하지 못했기 때문에 날 것 그대로 글에 반영된다. 더 이상 다른 사람의 글을 내 글인 양 가져오지 말자. 몇 번이나 읽고 생각해서 소화 시키자. 내 것으로 만들자.

글쓰기는 재가공이다. 취재한 정보나 사전지식 등을 재가공해 독자들이 이해하기 쉽게 전달하는 행위가 글쓰기다. 이때 재가공이 없다면 좋은 글이 될 수 없다. 글을 쓰기 전 충분히 이해하는 것이 중요하다. 그것이 네 이야기를 내 이야기로 만드는 비결이다.

바로보기 그리고 뒤틀어 보기 - 스토리텔링의 비밀

글쓰기는 독자를 설득하는 과정이다. 문장을 통해 글을 읽도록 설득하는 일이고 한편의 글을 통해 작가의 생각과 감정을 설득하는 일이다.

보고서나 기획안 등 보고형식의 글이 아니라면 스토리텔링은 주요한 무기가 된다. 때론 보고서에도 스토리텔링 기법을 활용함으로써 효과적으로 전달하기도 한다. 발표하듯이, 이야기하듯이 글을 쓸 때 읽는 사람으로 하여금 더 글에 공감하기 쉬워지기 때문이다.

스토리텔링은 Story와 Telling의 합성어다. 곧이곧대로 표현하자면 '이야기하다' 정도가 가장 좋은 표현이라고 할 수 있다. 상대방에게 알리고자 하는 바를 재밌고 생생한 이야기로 설득력 있게 전달하는 행위가 즉 스토리텔링이다.

이야기를 할 때, 듣는 사람들은 상상하게 된다. 이야기의 배경뿐만 아니라 인물의 감정까지도 느끼게 된다. 그렇기 때문에 배경이나 인물에 대한 묘사가 필요하다. 그러면서 이야기에 공감하게 되고 설득된다. 앞서 글쓰기는 '대화'라고 정의했다. 대화를 재밌게 하는 사람들은 이야기를 재밌게 전달할 줄 안다. 어떤 사람들은 어제 본 뉴스의 이야기를 재가공해 사람들의 관심을 흡입시킨다. 그것도 능력이다. 그렇기 때문에 문어체 보다는 구어체를 활용하라는 이야기를 하는 것이다.

같은 주제, 같은 재료를 가졌다 하더라도 이야기하듯 전하는 사람의 글은 매력이 있다. 설득도 쉽다. 스토리텔링을 염두에 두고 글을 써야 하는 이유다.

자기소개서도, 기획안도, 보고서도 스토리텔링이 필요하다. 자기소개서의 경우 인사담당자가 삶의 여정을 관심을 갖고 읽도록 해야 하고 기획안이나 보고서도 이해하기 쉽게 순서배열을 해야 하기 때문이다.

그렇다면 어떻게 스토리텔링으로 이야기를 흥미 있게 전할 수 있을까? 엄마나 아빠가 아이를 무릎에 눕히고 동화책을 읽어주는 장면을 상상해 보자. 아이의 부모는 목소리를 낮췄다가 높였다가 이야기할 것이다. 또 잠시 숨을 고르는 경우도 있을 것이다. 때로는 동화 속 호랑이의 모습을 흉내 내기도 하고 '어흥'하고 소리를 내기도 한다. 글의 리듬을 만들고 생생한 표현으로 대상에 생명을 불어 넣는다.

작가는 독자에게 글을 읽어 주는 사람이다. 문장의 장단을 통해 독자들에게 긴장감을 줄 수 있다. 그리고 쉼표(,) 한 개로 쉬었다 읽어 가라는 뜻을 전달할 수도 있다. 또한 깊이 설명하거나 혹은 불친절하게 설명을 넘어감으로써 전하고자 하는 바를 효과적으로 전할 수 있다. 아주 생생하게 묘사를 하거나, 글 속의 사람이 되어 감정을 이입시킨다. 한 마디로 흥미와 긴장감, 이해를 위해 전략적으로 글을 써야 한다는 말이다.

스토리텔링의 백미는 '구성'이다. 플롯이라고도 하는데 쉽게 말해서 이야기하고자 하는 바를 시간 순서대로 배열하는 것이 아니라 시간의 흐름을 거꾸로 거스르기도 하고 건너뛰기도 하면서 독자들의 흥미를 이끌어 낸다.

오래 전 영화지만 식스센스라는 영화를 기억할 것이다. 마지막 반전이 기가 막혀서 '영화관 앞에서 그 반전을 이야기하는 것은 중죄'라고 이야기할 정도였다. 결말이 큰 이슈였다.

실제로 많은 사람들이 싸웠다. 반전을 이야기해버렸기 때문이다. 만약 영화에서 시간의 흐름대로 배열하거나 반전을 앞에다가 두었다면 어떻게 됐을까? 영화는 그만큼 성공을 이루지 못했을 것이다. 어마어마한 반전 하나가 영화를 완성하는 힘이었고 관객들을 끌어들였다. 그만큼 구성을 어떻게 가져가느냐에 따라 독자들이 글을 찾느냐, 외면하느냐가 결정 나기도 한다는 뜻이다.

TV나 라디오 등 매체에서도 마찬가지다. 음악방송을 보면 구성에 따라 출연진의 순서를 바꾸기도 한다. 시상식도 마찬가지다. 시상만 주구장창 한다면 사람들은 하품을 하며 보거나 채널을 돌려 버린다. 적절하게 축하공연, 인터뷰 등의 콘텐츠를 넣어 지루하지 않게 만든다. 다 순서가 있다.

음악방송의 출연진만 보더라도 사람들이 궁금해 할 만한 내용과 새로운 신인들의 순서를 고려해 배치한다. 절대 신인가수가 연속으로 출연하는 일은 없다. 그리고 인기 있는 가수로 피날레를 장식한다. 작가 중에는 구성 작가가 따로 있다. 그만큼 구성이 중요한 요소이기 때문이다.

이야기의 구성은 대략 소설의 구성을 따라 전하는 것도 좋다. 대부분 소설은 발단-전개-위기-절정-결말의 구성 요소를 갖는다. 그만큼 검증된 스토리텔링 방식이다.

발단은 이야기의 도입부로서 시간적, 공간적 배경을 제시하고 인물들의 성격을 독자들에게 알려주는 역할을 한다. 이야기하고자 하는 사건의 분위기를 제시하고 실마리를 주는 단계다.

옛날 옛적에 '흥부'와 '놀부'가 살고 있었어요. 흥부는 가난했지만 매우 착한 심성을 갖고 있었어요. 흥부의 가족은 못된 형 놀부에게 쫓겨나 움집을 짓고 살게 되었답니다.

흥부 놀부를 이야기의 가장 기본적인 도입부이다. 독자는 '옛날 옛적에'라는 말을 통해 배경이 된 시대를 알 수 있다. 머릿속으로 조선시대 혹은 고려시대 등의 옷차림 살아가는 모습 등을 유추해 볼 수 있다. 그리고 한편으로는 지어낸 이야기라는 힌트도 얻을 수 있다.

다음으로는 흥부를 묘사함으로써 인물에 대한 힌트를 제공한다. 흥부에게는 못된 형이 놀부가 있고 그 가족은 쫓겨나 가난한 생활을 하고 있다는 것을 표현해 앞으로의 이야기를 암시한다.

전개는 사건이 본격적으로 펼쳐지는 부분이다. 이야기가 복잡하게 얽히고 갈등이 겉으로 들어난다.

가난했던 흥부는 배고픔을 이기지 못해 놀부의 집에 먹을 것을 얻으러 갔다가 형수에게 주걱으로 매만 맞고 돌아와 왔답니다.

쫓겨난 것도 모자란 흥부는 밥을 얻으러 갔다가 형수에게 주걱으로 매만 맞고 돌아오게 되었다.

여기에 극적요소를 첨가한다면 흥부가 볼에 붙은 밥알을 떼면서 형수에게 더 때려 달라고 하는 것을 넣으면 된다. 그만큼 배가 고프고 절실하다는 의미의 행동을 묘사해 이야기의 긴장도를 높인다. 이 긴장감 때문에 독자들은 글에 집중하게 된다.

위기는 갈등이 고조되고 심화되는 단계다. 사건의 반전이 나타나기도 하고 새로운 사건이 발생해 위기감이 고조된다.

그러던 어느 날 툭 하는 소리가 들려 문을 열어 보니 제비 한 마리가 다리가 부러진 채로 떨어져 있었어요. 마음씨 착한 흥부는 제비의 다리를 고쳐주었어요.

그런데 이게 무슨 일이에요. 제비가 박씨를 물어 왔네요. 땅에 심은 박씨는 무럭무럭 자랐고 흥부는 박을 탔지요. 박씨에는 온갖 금은보화가 있지 뭐에요. 흥부는 부자가 된 것이에요.

위기의 단계에서 새로운 이야기는 분위기를 고조시킨다. 그동안 나오지 않던 제비가 등장해 새로운 긴장감을 형성한다. 다른 사건을 예고한다. 다리가 부러진 제비, 다리를 고쳐주는 흥부, 박씨를 물고 온 제비 등의 사건은 흥부 이야기에 반전을 예고한다.

절정 단계는 이야기의 최정상이라고 할 수 있다. 사건이 최고조에 달한다. 해결의 전환점을 맞기도 한다. 흥부놀부이야기에서는 아래의 내용이 절정이라고 볼 수 있다.

흥부의 소식을 들은 놀부는 배가 너무 아팠어요. 흥부에게서 이야기를 들은 놀부는 제비를 잡아다가 다리를 부러뜨렸다가 고쳐주었죠. 그런데 이게 무슨 일이죠? 제비가 또 박을 물어왔네요. 박은 무럭무럭 자랐고 놀부도 즐거운 마음으로 박을 탔답니다. 이게 웬일. 박에서는 도깨비들이 나와 놀부의 재산을 모두 가져가 버렸어요.

흥부 놀부 이야기는 놀부가 패가망신하는 부분이 절정이 된다. 흥부와 놀부의 갈등을 해소되었고 사건은 최고조에 올랐다. 이야기를 통해 권선징악의 교훈을 얻을 수도 있다. 이야기는 이제 결말로 나아간다.

결말은 인물들 사이에 벌어진 사건과 갈등이 해결되고 마무리되는 단계다.

착한 흥부는 놀부에게 재산을 나눠주고 개과천선한 형과 화목하게 살게 되었답니다.

흥부 놀부 이야기는 결국 권선징악과 형제애로 마무리 된다. 결말을 통해 독자들을 잔뜩 고조됐던 이야기를 정리하고 다음 이야기를 상상하게 된다.

중요한 것은 절정과 결말 부분에서 설명을 하거나 이야기를 길게 끌어나가려고 한다면 맥이 빠져 버린다는 것이다. 절정에 오른 후 부터는 빠르고 긴박하게 이야기가 전달되어야 효과적이다. 발단- 전개 과정은 느려도 되지만 위기-절정으로 갈 때는 문장이나 구성의 리듬이 빠르고 긴박하게 진행되는 것이 좋다.

지금까지 흥부와 놀부 이야기를 통해 발단-전개-위기-절정-결말에 이르는 서사구조를 생각해 봤다. 어떤 사건을 이야기하듯 전하기 위해서는 나름의 구성이 필요하다. 그리고 강조하거나 빼거나 과장하는 등의 작업도 필요하다. 구체적인 이야기는 파트2 '실천편'에서 다루도록 한다.

구성에 있어서 또 하나의 중요한 요소는 '비틀어보기'다. 앞에서 말한 서사 구조를 비틀어 보는 것이다. 놀부가 망한 부분부터 이야기를 시작해 보면 어떻게 될까? 놀부가 망한 모습을 먼저 보여 주고 흥부에게 갈 것인지, 말 것인지 고민하는 모습을 넣어 보면 어떨까? 또 망한 놀부를 도와주고 하고자 하는 흥부와 그렇지 않은 아내가 다투는 모습을 상상해 보면 어떨까?

혹은 흥부와 놀부가 화목한 이야기를 먼저 던져 보면 어떨까? 화목한 흥부와 놀부의 사이의 갈등요소를 마련하고 과거의 이야기를 끄집어낸다면 또 다른 재밌는 글이 완성될 수도 있기 때문이다.

흥부와 놀부는 화목한 형제입니다. 동네에서도 이들의 형제애라면 알아줬죠. 그런데 이게 무슨 일이죠? 자꾸 형인 놀부가 흥부를 괴롭히네요. 이제는 집에서 내쫓기까지 하네요. 둘 사이에 아무도 모르는 무슨 이야기가 있는 걸까요?

이렇게 시작을 한다면 이야기의 전개는 또 달라진다. 사실 알고 보니 놀부의 아내가 흥부를 싫어해서 놀부를 쥐잡듯이 잡고 있는 이야기로 전개해 나갈 수도 있다. 이야기를 비틀어 상상하고 그에 맞는 스토리를 만들어 나가다 보면 또 다른 재밌는 이야기가 완성된다. 놀부의 심리상태를 자세히 묘사해 보는 것도 이야기를 재밌게 하는 요소가 될 수 있다. 원작과 비교하면 낯설지만 흥미로운 이야기가 나올 수 있다.

시점을 뒤트는 방법도 있다. 지금까지 3인칭 시점을 써서 이야기를 했다면 놀부 아내 입장에서 글을 써보면 어떨까? 원작에서 발견되지 않는 재밌는 장면들이 그려질 수도 있다. 놀부 아내가 흥부를 때릴 때 밥주걱으로 때린 이유에 대해 멋대로 상상해 보자. 상상은 자유니까.

사실 놀부 아내는 굉장히 착한 사람이다. 평소에 욕심이 많은 놀부를 보며 한심해 하던 아내라면 어땠을까? 놀부 몰래 밥알을 주기 위해서 밥주걱으로 때렸다고 가정을 해보면 어떨까? 밥주걱으로 한때 때리고 나서 "에라이! 이거나 가져가라!" 하고 밥공기를 주는 놀부의 아내라면? 이렇게 비틀어보면 놀부와 아내의 갈등이 그려질 수도 있다.

앞서 봤듯이 이야기의 구조를 뒤틀거나 인물과 시간을 뒤튼다면 모두가 알고 있는 뻔한 이야기라도 전혀 다른 시점에서 이야기를 전개할 수 있게 된다. 글을 쓸 수 있는 주제나 소재가 무궁무진해진다.

잘 구성된 이야기는 독자를 설득시킨다. 흥부와 놀부의 이야기는 권선징악을 담고 있지만 이야기를 하는 사람에 따라 다른 주제를 독자에게 설득할 수도 있다. 흥부 부부와 놀부 부부의 갈등을 그리면서 '부부싸움의 기술'을 주제로 이야기를 펼쳐 나갈 수도 있다.

비단 동화나 소설의 경우가 아니더라도 일기나 기행문, 논설문, 발표문을 쓸 때도 여러 가지 뒤틀어 보는 작업만으로도 다른 사람과는 차별화된 전략으로 글을 쓸 수 있다.

기행문을 쓴다고 가정해 보자. 출발부터 도착까지 시간 순서로 배열하는 사람이 있는가 하면 출발과 도착은 제외하고 현지에서의 주요한 에피소드를 중심으로 구성해서 글을 쓰는 사람들이 있을 것이다. 또한 어떤 사람은 먹거리에 관심이 있지만 어떤 사람은 현지 사람에게 관심을 갖고 글을 쓸 수 있다.

정해진 어떤 틀이 아니라 자신만의 이야기를 쓰겠다는 마음으로 시간과 시점을 비틀어서 생각해 보자. 어떤 이야기를 독자들이 더 재밌어 할까 고민해 봐야 한다.

이같이 뒤틀어보는 행위는 사실 직장생활에서의 경쟁력이 되기도 한다. 전혀 생각하지 못했던 시각과 아이디어를 제공하기 때문이다. 글쓰기뿐만 아니라 사회생활 전반에서 말이다.

바둑에서는 '판을 흔든다'는 말이 있다. TVN에서 방영했던 드라마 '미생'에서는 시원한 판 흔들기가 나온다. 영업3팀이 프레젠테이션을 해야 하는데, 준비를 하는 과정에서 계속 마뜩찮다. 팀 내에서 비위사건이 발생했고 한 명이 해고됐다. 그가 진행하던 프로젝트를 임원에게 설명해야 하는 상황이기 때문에 계속 변명하는 투의 프레젠테이션이 마련된다.

계약직 막내 사원인 장그래는 바둑기사를 준비했었다. 회사 업무에 바둑의 전략들을 적용하는 인물이다. 막내는 '판을 흔들자'며 그동안 있었던 비위사건을 열거하고 사건이 발생한 아이템들을 사용해 이익을 본 경쟁업체들을 나열한다. 처음에 임원진들은 불쾌해하지만 결국은 영업3팀의 기획을 인정하고 사업아이템으로 받는다.

비틀어보기는 '판 흔들다'. 결국은 틀에 박힌 구성이 아니라 더욱더 설득력을 높일 수 있는 구성을 선택해야 한다는 것이다. 목적은 독자에게 감정이나 정보를 제공하고 그들에게 자신의 생각을 설득하는 것이다.

비록 구성이 교과서적으로 짜였더라도 목적에 부합하지 않는다면, 효과적인 면이 떨어진다면 구성을 과감히 바꿀 필요가 있다. 이때 판을 흔들기 위해서는 비틀어볼 수 있는 눈이 있어야 한다. 똑바로 서서 보던 것을 물구나무를 서서 보면 세상이 거꾸로 보인다.

이론편에서 가장 중요한 단어는 '독자'다. 독자에게 효과적으로 전달하는 일. 이것이 글쓰기의 조건이다. 이를 염두하고 글을 구성하고 쓴다면 글쓰기를 어렵지 않게 해낼 수 있다. 막막한 글쓰기가 만만한 글쓰기가 될 수 있다는 이야기다.

실전편에서는 구체적인 구성방식과 표현방식, 제목 다는 법 등에 대한 구체적인 방법을 이야기 한다. 실전편으로 넘어가기 전 다시 한 번 기억하자. '독자 배려'

2

실전편

글쓰기도
전략이다

프로 작가도 울고 갈
글쓰기 전략 전술

무턱대고 쓴 글은 뼈대 없이 지은 건축물과 같다. 글쓰기가 쉬워지려면 전략을 세워야 한다. 건축물을 세우듯이 말이다. '일단 쓰라'는 말에 현혹되지 말라. 글은 손이 아니라 머리로 먼저 쓴다.

글은 삶에서 만들어진다

흔히 '글쓰기는 습관'이라고 말을 한다. 그만큼 글쓰기를 잘하기 위해서는 습관을 들이는 일이 중요하다는 이야기다.

2~3년 전 글쓰기에 대한 회의를 느낀 적이 있었다. 5~6년 동안 직업인으로서 글을 쓰다 보니 느끼게 된 일종의 지루함이었다. 딜레마였다. 매번 다른 사람들의 이야기를 쓰려고 하다 보니 내 이야기를 잃어버린 듯한 생각이 들었다. 마음의 중심을 잃어버리니 한 문장을 써 내려가는 것이 괴로웠다. 거짓말을 하는 기분이 들었다.

그때 만난 것이 글쓰기 커뮤니티 meeji다. SNS에 올라온 멤버 가입 안내문이 눈에 들었다. 몇 달을 애써 무시했지만 여전히 가슴에 한 마디가 남았다. 일주일에 글 한 편.

커뮤니티의 리더와 인연이 닿아 meeji의 콘텐츠 기획자로 활동하고 있다. 말이 좋아 콘텐츠 기획자지. 운영자와 연락하며 어떻게 커뮤니티를 운영할 것인가에 대해, 운영하거나 회원들의 글에 댓글을 달아주고 참여를 독려하는 게 다다. 그 속에서 커뮤니티 속에서 회원들의 글쓰기를 어떻게 응원하고 도울 것인지 연구한다.

초기 meeji에서는 '일주일에 글 한 편'을 진행했다. 5~6명 혹은 7~8명이 모여 한 달 동안 주어진 주제나 자유주제로 글을 쓴다. 글을 블로그 등에 올리고 단체채팅방에 공유하면 서로 댓글을 달거나 궁금한 것을 물어보며 소통한다. 매주 1회씩 화상통화도 진행했다. 약간의 강제성도 있었겠지만 글쓰기에 대해 나름 고민하는 사람들이 모이니 재밌는 글들이 많이 올라왔다. 놀이터 같았다. 글쓰기 활동 자체에 대한 만족감이 들었다.

meeji에서 활동을 하면서 든 확신이 있다. 많은 사람들이 글쓰기 습관을 기르기 위해 애쓴다. 실제로 자기 소개란을 보며 글쓰기 습관에 대한 이야기가 많았다.

사실 일주일에 글 한 편이 말로는 쉬워 보인다. 하지만 실제로 실행해 보면 쉽지 않다. 업무량이 많은 주에는 글 한편 써 내기가 쉽지 않다. 또한 어느 주에는 쓸 거리가 도저히 없다. 이런저런 평계를 대다 보면 어느새 한 달에 한 편이 되기 쉽다. 한 달에 한 편이면 다행이다. 아예 잊힐 때가 많다.

그만큼 글쓰기 습관을 들이는 일이 쉽지 않다. 사실 글쓰기 습관을 들이기 어려운 이유는 외면적인 환경보다는 내면적인 여건이 크게 지배하는 경우가 많다. 바쁘다는 것은 평계다.

예를 들면 어떤 내용을 써야 할지 모를 때, 글을 쓰지만 내가 글을 잘 쓰고 있는지 판단해 볼 수 없을 때, 아무도 내 글을 읽어주지 않을 때, 글쓰기가 막혔는데 누구에게도 도움을 받지 못할 때 등. 우리는 기본적인 글쓰기를 배우지 못했기 때문에 어려움에 봉착하고 반복되다 보면 글쓰기 습관을 들일 수가 없다.

이런 상황이 반복되면서 의지조차 사라진다. 글을 쓰기 위해 노트나 컴퓨터 앞에 앉는 시간이 줄어든다. 습관은 저 멀리 떠난다. 작심삼일을 10번 반복하면 한 달이라고 하지만 작심삼일조차 시도하지 않는다.

노력하는 자는 즐기는 자를 이길 수 없다고 했다. 습관은 즐거워야 든다. 즐길 줄 알게 되면 더 높은 경지를 꿈꾸게 된다. 즐거움은 만족감을 가져온다. 만족이 충만해지면 계속하고 싶은 마음이 든다. 놀이처럼. 그렇게 하다 보면 습관이 몸에 밴다.

글쓰기는 노력이다. 어찌 보면 글쓰기 습관은 개인의 노력이다. 그 노력을 위해서는 즐거움이 필요하다. 글쓰기의 즐거움을 맛봐야 멋진 글쓰기를 위해 노력하게 된다는 말이다. 글쓰기의 맛을 봐야 습관을 들일 수 있다. 재밌게 쓰고 재밌게 나누는 방법 말이다.

이론편에서는 '독자'가 중요하다고 했다. 글을 쓰면서 독자를 생각한다면 글이 헤매지 않는다고 했다. 글쓰기는 혼자만의 것이 아니다. 독자와의 만남의 시간이다. 글쓰기 행위 자체는 가상의 독자와 호흡하며 나누는 대화로 볼 수 있다. 이 독자와의 뜻밖의 만남이 글쓰기를 즐겁게 할 수 있는 주요 요소가 된다.

작가 혼자만 만족하는 글쓰기는 더 이상 발전할 수 없다. 글쓰기에 재미를 들일 수 없다. 당연히 습관을 들일 수 없다. 항상 독자를 염두해야 한다. 독자의 다양한 반응은 이과생도 글을 쓰게 한다. 이과생에 대한 비하는 아니다. 이과생의 글을 보면서 감탄할 때가 많다.

글쓰기 습관을 들이기 위해서는 '무조건 쓰라'라는 조언이 있다. 많이 쓰면 자연스럽게 실력이 생긴다는 얘기다. 틀린 말은 아니다. 하지만 많이 쓰기 전에 전략과 전술을 익히는 것이 중요하다. 첫째로 글쓰기의 재미를 위해서다. 무엇을, 왜, 어떻게 쓸 것이냐에 대한 기본이 생겨야 글쓰기가 재밌다. 기초가 없이는 금방 밑천이 드러난다. 중구난방으로 쓴 글은 필자도, 독자도 재미가 없다.

둘째는 독자를 위해서다. 몇 번이나 강조해도 지나치지 않은 것이 독자다. 읽는 사람을 배려해야 좋은 글이라고 할 수 있다. 최소한 '무슨 말을 하려는 것인지' 정도는 전달될 수 있어야 한다. 독자가 찾는 글을 쓰다보면 자연스럽게 글쓰기는 늘게 되어 있다. 독자들의 반응에 따라 단점은 최소화하고 장점을 부각시킬 수 있는 방법을 찾아낼 수 있기 때문이다.

이 상호 반응이 없다면 '글을 잘 쓰고 있다'는 착각에 빠질 수 있다. 혹은 내 글은 '아무도 읽지 않는 필요 없는 글이야' 하는 부정적인 반응이 생길 수도 있다. 이런 부정적 반응은 글쓰기 습관을 들이는데 좋지 않다. 독자와의 상호작용을 끌어내야 하는 노력이 필요하다.

실전편을 활용하는 데에 정석은 없다. 누군가는 글쓰기의 처음부터 끝까지 읽으며 자신의 글을 단련해도 좋다. 또 누군가는 필요한 것만 사전처럼 찾아서 읽어봐도 좋다. 예를 들면 글쓰기가 막혔을 때 풀어나가는 방법처럼 말이다.

중요한 것은 글쓰기가 '훈련'이라는 사실이다. 이 글은 재밌게 훈련하기 위한 코치 정도의 역할이라고 해두겠다.

좋은 코치는 좋은 결과물을 낸다. 하지만 당사자의 노력 없이는 아무리 좋은 코치가 있어도, 아무리 좋은 훈련 프로그램이 있어도 좋은 결과물은 꿈꿀 수 없다. 직접 고민하고 직접 써보는 것이 중요하다. 이것만 명심하자. 무엇인가가 즐거워지면 자연스럽게 습관화된다는 사실을.

실전편에서는 '독자'를 사로잡는 글쓰기 전략, 전술에 대한 내용을 다룬다. 어찌 보면 글쓰기의 A에서 Z라고 할 수 있다. 글감을 찾는 방법부터 독자를 만드는 방법까지. 보통사람들을 위한 글쓰기 방법을 제안한다.

사회초년생들에게는 글쓰기 '기획안'이면서도 10년 이상 기획업무를 해온 선배의 기획 노하우 정도로 생각해도 좋다.

글은 손이 아니라 머리에서 만들어진다

글은 손이 아니라 머리에서 완성된다. 무작정 쓰지 말라는 얘기다. 무조건 써 내려 갔을 때 가장 큰 문제는 쓰다 보면 기준이 없어져 나중에 '무슨 얘기를 하고 싶은거지?'라는 결과물이 나오기 때문이다. 동해를 가기 위해서 출발한 차가 서해에 도착할 꼴이 된다. 같은 바다지만 목적지가 정 반대다. 무작정 쓴 결과물이 그렇다.

글쓰기 과정은 건축과정과 유사하다. 바닥을 다지고 뼈대를 세우고 외벽을 만든다. 이 과정에서는 설계도 필요하고 조감도도 필요하다. 좋은 건축 재료를 구하는 방법도 알아야 한다. 또 날 것의 재료를 건축에 필요한 재료로 다듬는 작업도 필요하다. 전략적으로 접근해야 한다는 말이다.

전략에 의해서 글을 써 내려 갈 때 하고자 하는 이야기를 효과적으로 전달할 수 있다. 사족은 줄이고 한 방향을 향해 나아갈 수 있다. 글쓰기는 결국 어떤 내용이나 정보를 글을 통해서 전달하거나 타인을 설득하는 과정이기 때문에 전략적으로 글을 구성해야 한다. 이 과정은 글쓰기의 기초를 주춧돌을 넣는 과정이다. 이를 위해서는 확실히 하고 가야 하는 세 가지가 있다.

① 무엇을 이야기하려고 하는가?
② 누구에게 들려주는 이야기인가?

③ 어떻게 이야기할 것인가?

이 세 가지는 글을 쓰기 전 미리 확정해 놓아야 하는 요소다. 외부
인사에게 원고요청을 할 때 제공하는 정보도 비슷하다. 대부분 외부
인사에게 원고를 요청할 때는

주제 : 글쓰기 습관을 길들이는 법
대상 : 중학교 2~3학년 학생
비고 : 흥미를 느낄 수 있는 적절한 예시, 사진 등

세 가지 정보를 기본적으로 제시한다. 투고를 많이 해보지 않은
필자라면 더 구체적으로 제시하게 되지만 대략 이 정도 정보만 제
시하더라도 얼마든지 글을 쓸 수 있다. 대략적인 로드맵을 잡아주는
것이다. 그래야 매체가 원하는 글이 나온다. in-put이 구체적일수록
out-put의 품질은 높아진다.

글쓰기도 마찬가지다. 위의 세 가지 요건에 의해서 시작된다. '무
엇을 이야기하려고 하는가?'는 글쓰기를 전반적으로 이끌어가는 '주
제'를 결정한다. 결국 글의 주제를 결정하는 것이 중요하다. 무엇을
이야기하고 싶은지에 대한 확실한 방향이 있어야 한다.

그렇다고 글의 주제가 글의 제목은 아니다. 한 문장으로 된 가이
드라인이다. 목표점이다. 결국은 그 이야기로 마무리되어야 한다.

두 번째 '누구에게 들려주는 이야기인가?'에 대한 내용은 '독자'에 관한 이야기다. 독자를 결정한다는 일은 결국 '어떻게 이야기할 것인가?'에 대한 내용까지도 영향을 미친다. 독자에 따라 문체나 전문지식을 어느 정도까지 순화시킬 것인가에 대한 것이 결정되기 때문이다.

'어떻게 이야기할 것인가'는 어떻게 효과적으로 정보를 전달할 것인가에 대한 문제다. 존댓말로 쓸 것인지, 반말로 쓸 것인지, 배경지식에 대한 설명을 어디까지 할 것인지 등을 결정한다. 주제와 독자가 결정되면 자연스럽게 따라오기도 한다.

세 가지 고민은 글을 본격적으로 쓰기 전 필수적으로 거쳐야 하는 과정이다. 뼈대를 세우고 나면 살을 붙이는 과정을 거친다. 무턱대고 살을 붙이다 보면 작가도 독자도 이해하지 못하는 글을 쓰게 될 확률이 높다. 글이 누덕누덕 해진다. 부실공사가 되어 글쓰기가 무너져 버린다. 물론 글쓰기가 어느 정도 익숙한 상태라면 글을 써나가면서 수정해 나갈 수 있지만 글쓰기를 배우지 않은 보통사람들에게는 현실적으로는 어렵다.

① 머릿속으로 3가지 질문해보기(주제, 독자, 특성) → ② 주제와 맞는 에피소드(취재- 이 경우 다른 책을 참고하거나 강의, 인터뷰 등을 활용할 수 있다) → ③ 주 제에 맞는 부제목 붙이기 → ④ 부제목에 맞도록 글쓰기 → ⑤ 제목 붙이기 → ⑥ 1차 독자에게 노출(지인) → ⑦ 퇴고 및 수정 →

⑧ 독자들에게 노출

글쓰기의 과정을 간단하게 정리하면 위와 같다. 주제와 독자를 정했으면 주제와 맞는 에피소드를 골라내는 작업이 필요하다.

취재의 과정이라고 생각하면 된다. 예화나 책의 내용, 개인적인 인터뷰 등의 자료를 수집하는 일을 말한다. 수집이 끝났으면 주제를 명확히 할 수 있는 내용의 소스들을 정리해 메모해 두도록 하자. 이때 버릴 내용은 과감히 버려두도록 한다. 소스가 넘쳐나면 글은 무슨 맛인지 모르는 요리가 되어 버린다.

걱정하지는 말자. 글을 쓰는 과정에서 버려둔 소스가 생각나기도 한다. 기획 단계에서는 쓸모없어 보였으나 막상 글을 쓰다 보면 필요한 소재가 된다. 그것이 아니라면 정말 버려야 할 소스다.

다음으로는 부제목을 붙인다. 부제목은 주제를 뒷받침하는 작은 제목이다. 부제목을 먼저 쓰는 이유는 전체적인 주제에서 벗어나지 않기 위함이다. 글쓰기의 징검다리 같은 존재다. 띄엄띄엄 중요한 에피소드를 배치함으로써 글의 구성을 해치지 않고 글을 쓸 수 있다. 전체적인 분위기를 흔들지 않아도 된다.

한편으로는 긴 글을 작성하기 부담스러운 경우 부제에 집중에서 쓰다 보면 긴 글도 쉽게 쓸 수 있다. 부담감도 덜하다.

글을 쓰고 나면 제목을 붙인다. 사실 글을 쓰기 전에 제목을 붙여도 상관은 없다. 다만 시작하면서 제목을 붙였더라도 글을 마무리하고 나면 제목이 수정되는 일이 많기 때문에 마지막 과정에서 제목을 붙인다. 제목은 신선하되 글의 내용을 담아야 한다.

글이 완성되면 1차 독자에게 글을 노출한다. 1차 독자는 '제1독자'라고 명명하자. 제1독자는 지인 중에 고르는 편이 많다. 독자가 되어 객관적으로 글을 읽어줄 사람을 선정한다. 독자로서 뿐만 아니라 평론가 역할도 한다. 또한 이들의 반응을 글을 계속 쓰게 되는 원동력이 되기도 한다. '사랑'과 '관심'의 눈으로 글을 봐줄 수 있는 사람이다.

다음은 퇴고의 과정이다. 퇴고는 제목을 붙이고 나서 하기도 한다. 순서는 상관없지만 퇴고의 과정에서 중요한 것은 '소리 내어 읽기'다. 기본적으로 소리를 내어 읽다 보면 막히는 부분은 문법이 자연스럽지 않을 확률이 높다. 또한 입으로 소리를 내기 때문에 구어체 문장을 만들기도 좋다.

퇴고 후에는 독자들에게 노출시킨다. 최근에는 블로그나 브런치 등 글을 쓰고 노출할 수 있는 플랫폼이 다양해졌기 때문에 자신과 맞는 형태의 플랫폼을 선정해서 독자들과 만난다.

대략 글쓰기는 7가지 과정을 거치게 된다. 사실 생각한다-쓴다-고친다 정도로 간단하게 정리할 수 있다. 하지만 과정을 세분화해 훈련하다 보면 글쓰기가 점점 쉬워진다. 한 가지의 조립설명서가 생겼기 때문에 문장을 조합해 글을 쓰기만 하면 된다. 점차 자심감이 붙는다.

글쓰기가 쉬워지면 자연스럽게 좋은 글을 쓸 수 있다. 좋은 글을 쓴다는 건 독자를 만들 수 있다는 것이다. 독자가 많다는 것은 글쓰기에 피드백이 생겨 즐거운 글쓰기를 할 수 있다는 말이 된다. 글쓰기가 즐거워지면 습관은 너무나도 자연스러운 일이 된다. 글쓰기 훈련 과정은 글쓰기의 재미를 배우는 훈련 과정이다.

모두에게는 이야기가 있다 - 연관짓기

글쓰기가 어려운 이유는 무엇을 써야 할지 모르기 때문이다. '무엇을 써야 할지 모른다'라는 말은 글쓰기의 첫 발조차 내딛지 못했다는 뜻이다. 막연한 두려움을 없애야 한다. 가장 먼저 해결해야 하는 문제다.

많은 사람들이 글쓰기를 위한 소재에 '특별한 이야기'가 담겨 있어야 한다고 생각한다. 그래서 부담을 느끼게 된다. 무엇을 써야 할지 어떤 내용으로 써야 할지 결정하지 못하는 것은 당연하다. 남들이 겪어보지 못한 특별한 이야기 말이다.

하지만 모두에게 하루는 특별한 역사다. 현대인의 일상은 단조롭다. 학생이라면 집-학교-집이 전부이고 직장인이라면 집-회사-집이 전부다. 그나마 운동이나 취미생활을 할 수 있는 사람이라면 꽤 풍요로운 삶을 누리고 있다고 생각해도 될 정도로 말이다.

우리 모두의 삶은 이야기투성이다. 개인 한 명, 한 명의 하루가 역사다. 아무리 단조로운 일상이라도 에피소드 하나 없을 순 없다. 예를 들면 아침에 마신 커피 한 잔도 어떻게 생각하느냐에 따라 글쓰기 소재가 될 수 있다는 말이다. 어떻게 글쓰기 소재로 '발전시켜 나가느냐'의 문제다.

이때 중요한 것이 연관 짓는 일이다. 일상의 소재에서 과거의 일이나, 생각, 감정 등을 연관 지어서 생각해 보다 보면 일상의 가벼운 에피소드도 좋은 글감이 될 수 있다.

① 나는 커피를 좋아한다. 원두커피를 종류별로 사다가 집에서 내려 먹을 정도로 커피를 즐기는 편이었다.

② 한동안 카페인이 고혈압에 좋지 않다고 해서 커피를 끊었다. 아주 가끔 스트레스를 받을 때만 연하게 타먹었다.

③ 오늘 아침 커피를 오랜만에 마셨다. 그것도 믹스커피로 말이다.

④ 아침회의 시간이었다. 준비했던 프로젝트가 고스란히 날아갔다. 상사들은 그간의 수고는 어디로 갔는지 질책하기 바쁘다. 결정은 자신들이 해놓고 나한테 지랄이다.(생동감을 위해 일부러 비속어를 사용했다)

⑤ 믹스커피를 먹는 모습을 보며 후배가 눈치를 본다. 일하는 척인지, 일을 하는 것인지는 모르지만 아무튼 열 일 중이다.

⑥ 나는 상사들 같은 선배가 되지 말아야겠다. 후배야 점심에는 맛있는 점심 먹으러 가자.

일상에서 쉽게 일어날 수 있는 일이다. 직장인들의 고충이라고도 할 수 있다. 커피를 마신다로 시작된 글이다. 커피에서 일상의 에피소드를 접목하고 이때 든 생각을 정리해보니 나름 괜찮은 글이 됐다. 게다가 소위 꼰대가 되지 말아야겠다는 교훈까지 담고 있다.

글을 쓰기 전 하루를 돌아보자. 이를 위해서 간단하게 메모 하는 습관도 좋다. 하지만 메모습관의 중요성을 자기 계발서를 통해서도 충분히 배울 수 있고 각자가 필요성이 있다고 판단되면 자연스럽게 시작할 수 있으므로 길게 다루지는 않겠다. 당연한 사실은 일상의 메모는 글쓰기를 풍성하고 더 쉽게 만든다.

오늘은 어떤 일이 있었는가. 어떤 소소한 에피소드가 있었는가. 생각하고 정리해 보자. 화나는 일이 있었는지, 즐거운 일이 있었는지, 어떤 사람들과 어떤 일이 있었는지, 출근길에 퇴근길에 혹은 등하굣길에 보았던 것은 무엇인지 생각해 보자. 그 속에 글감이 있다.

소재는 평소 좋아하는 것에서도 시작할 수 있다. 커피 이야기로 돌아가 보자. 아침에 마신 커피 한 잔에서 또 어떤 이야기가 나올 수 있는가?

① 나는 커피를 좋아한다. 원두커피를 종류별로 사다가 집에서 내려 먹을 정도로 커피를 즐기는 편이었다.

② 오늘 아침 커피를 오랜만에 마셨다.

③ 커피를 마실 때면 생각나는 사람이 있다. 나는 콜롬비아커피

의 고소함을 좋아했지만, 그는 예가체프처럼 산미가 강한 커피를 좋아했다.

④ 커피의 성향처럼 성격도 달랐다. 나는 이것저것 신경을 많이 쓰는 성격이지만 그는 쿨하게 넘겨버리는 성격이었다.

⑤ 재미있는 것은 그와의 궁합이 참 잘 맞았다. 서로의 단점이 보완되었고 둘이 함께 프로젝트를 진행할 때면 늘 성공적이었다.

⑥ 돌아보면 그 시기 나는 흔들렸지만 그와 함께했던 1년이 내게는 회복과 성장의 시간이 되었던 것 같다.

⑦ 오랜만에 그에게 전화를 걸어봐야겠다.

커피 이야기에 지난 인연을 접목시켜 보았다. 커피에서 생각을 확장하면 다양한 이야기를 풀어 낼 수 있다. 커피로 유명한 브라질, 케냐, 태국 등에 대한 이야기를 써볼 수 있다. 커피의 종류나 커피의 역사에 대한 것도 꽤 많은 소재가 된다.

9월 달 결혼 후 살게 될 신혼집으로 퇴근한 지 3일째다. 동네와 친해지기 프로젝트 중이다. 수없이 들어오는 택배로 분리수거통이 가득하다.

문을 열고 거실에 불을 켜는데 '윙'하는 소리로 소란스럽다. 눈을 들어 천장을 보니 말벌이 두 마리 눌러앉아 있다.

아직 내 손에는 무기가 없다는 사실이 떠올랐다. 집에는 에프킬라가 없다. 어떻게 쫓아낼까 고민하다가 베란다 문을 열어 쫓아내야겠다고 마음을 먹는다. 나름의 평화의 손길을 내밀기로 했다.

그런데 베란다 문에 손을 대는 순간 가슴이 철렁한다. 방충망 안쪽으로 대략 20마리, 건조기 손잡이에 약 30마리는 족히 되어 보이는 대가족이 우리 집 베란다에 옹기종기 모여 있다.

우선 거실과 통하는 모든 문을 닫고 지원군을 요청한다. 관리사무소 직원과 합동작전을 준비한다. 다행히 직원에게는 파리채와 에프킬라가 있다. 승리의 확신이 든다.

작전회의 결과 스스로 나가게 하자는 의견이 모아졌다. 우선 평화를 택했다. 베란다 방충망을 열어 내보내 주고 나머지는 에프킬라와 파리채로 때려잡자는 작전이었다. '손자(孫子)'도 울고 갈 기막힌 작전이다.

작전은 대성공. 베란다와 거실로 통하는 문은 닫고 방충망을 열어주니 대부분 밖으로 나간다. 갑자기 내리는 비에 깜짝 놀라 문을 열어두었던 환풍구를 통해 들어온 것 같았다. 만약 벌집이라도 있으면 문제는 커진다.

아직 작전은 남아 있다. 그래도 나가지 않는 녀석들은 에프킬라로 약을 먹이고 파리채로 때려잡는다. 평화의 손을 내밀었는데 잡지 않은 적에게 자비란 없다. 죽지 않고 기절했다가 일어날 수도 있으니 쓰레기 봉지를 묶어서 바로 내버린다. 그렇게 전쟁은 끝이 났다 싶었다.

관리소 직원을 보내고 한숨 돌리니 어디선가 '윙'하는 약 올리는 소리가 들린다. 책장 뒤에서 날아오르는 한 마리. 젖은 수건으로 때려 쫓아버리고 나니 속이 후련하다. 아침에 일어나 확인해 보니 다행히 우려했던 벌집은 없었다.

다음날 아침, 옹기종기 모여 수다가 시작된다. 어제 밤의 전쟁과 관리아저씨의 영웅담을 풀어 놓으니 직원들이 벌 떼처럼 몰려든다. 말벌에 관한 온갖 이야기가 쏟아져 나온다. 그런데 한 명이 엉뚱한 이야기를 한다.

"어디선가 벌이 집에 들어오면 좋은 일이 생길 것이라는 징조 아니에요?".

난생 처음 듣는 이야기였다. 인터넷을 아무리 뒤져봐도 그런 얘기는 없다. 그런데 이상하다. 그 말을 듣고 나니 벌 떼 때문에 놀랐던 마음이 눈 녹듯이 사라지고 한편으로 미안한 마음이 든다. 아! 경사가 있는 걸 알고 먼저 와서 축하해 준거구나. 그래서 문을 열어 주니 축제가 끝났다는 것을 알고 곧바로 나갔던 거구나. 아직 축하의 말을 전하지 못한, 파리채로 때려서 쫓아냈던 벌 한 마리에게 괜히 미안해진다.

2019년 여름, 결혼을 앞두고 신혼집과 부모님 집을 오갈 때였다. 퇴근하고 분리수거를 하기 위해 신혼집을 갔는데 벌 떼로 천장이 가득했다. 베란다 전등을 가득 메울 정도로 말이다. 마치 월식을 보는 기분이었다.

사실 여기까지였으면 따로 글을 쓰거나 하지 않았을 것 같다. 기억하기 싫은 일이었기 때문이다. 다음날 아침 직원들과 대화를 나누던 중 벌에 대한 이야기가 나왔고 한 직원이 한 마디가 생각을 바꿔놓았다. 그래서 제목을 '긍정의 힘'이라고 붙였다. 한 가지 사건과 다른 한마디의 말을 연관 지으니 꽤 그럴싸한 글이 됐다. 이것이 연관 짓기다.

출근과 동시에 어제 퇴근 후 수다가 시작된다.
베란다, 50마리 벌 떼와의 전쟁, 용감한 관리아저씨에 관한 영웅담
"깜짝 놀랐다"는 말 뒤에 얼굴이 하얀 친구가 한마디 한다.
"벌이 집에 들어오는 게 좋은 일을 뜻하지 않나요?"
연회장, 50마리의 벌 떼의 축하, 달달한 신혼집
파리채로 때렸던 벌들에게 굉장히 미안해지는 아침.

글을 쓰고 나서 시를 썼다. 한 가지 에피소드는 소설도 되고 시도 된다. 그리고 에세이도 된다. 또 때로는 발표문의 소재가 되기도 한다. 소재는 무궁무진하다. 그리고 표현할 방법도 무궁무진하다.

일상에는 소재는 많다. 전문적으로 글을 쓰거나, 외부의 요청에 의해서 글을 쓰게 되는 경우 등에는 소재와 주제가 정해져 있다. 하지만 글쓰기의 소재를 찾는 훈련은 필수다. 이 에피소드들이 모여서 독자에게 흥미를 더해주고, 독자를 설득하는 도구가 되기도 한다.

만약에 긍정의 힘에 대한 글을 쓴다고 생각해보자. 혹은 '원효대사의 해골물' 이야기와 함께 엮어 '생각하기 나름'이라는 주제로 글을 쓴다고 하자. 벌 떼 이야기는 좋은 소재이자 이야기를 끌어가는 뼈대가 될 수 있다. 벌 떼뿐만 아니라 사소한 동료 간의 대화도 좋은 이야깃거리가 된다.

다시 한 번 말하지만 글쓰기에 있어서 소재는 없는 것이 아니라 찾지 못하는 것이다. 항상 연관 지어 생각해 보는 습관을 들이자. 그 일들을 통해 하고자 하는 이야기를 정리하고 다른 이야기들과 연관 지어 생각해 보자. 어느새 멋진 한 편의 글이 된다.

눈앞에 소재가 있어도 그 소재를 이야기로 끌고 올 수 없기 때문에 소재가 없다고 판단하고 어렵다고 생각하게 된다. 주위에는 무궁무진한 이야깃거리가 있다.

우리는 연관 짓기를 통해 많은 소재를 발굴할 수 있다. 관찰하고 연관 지어라. 무의식 중에 잠재되어 있던 수많은 이야기가 흰 백지 위에 가득 채워지게 될 것이다.

막아라! 부실공사 - 얼개짜기

흔히 글쓰기를 건축에 비유한다. 땅을 다지고 뼈대를 튼튼히 세워야 안정적인 건물을 세울 수 있다. 글쓰기도 마찬가지다. 구성을 튼튼히 해야 글의 내용이 산으로 가지 않는다.

시놉시스를 짜는 단계는 땅을 다지는 일이다. 시놉시스란 '작가가 작품의 주제를 다른 사람에게 알리기 위해 알기 쉽게 간단히 적은 것'을 말한다.

이 속에는 작품의 의도가 무엇이고, 작가의 주관은 어떤 것이며 전달하고자 하는 메시지는 무엇인지에 대한 내용이 명료하게 작성된다. 주제, 기획 및 집필의도, 등장인물, 전체 줄거리의 4가지 기본요소가 구체적으로 포함된다.

여기까지 설명한다면 긴장감이 든다. 너무나 거창해 보인다. 사전적 정의일 뿐이지 일단 쓰기 전에 뼈대를 세우는 일이 중요하다는 것만 기억하자.

한편으로는 '저건 영화나 드라마, 연극처럼 작품을 만들기 위한 작업이잖아'라고 생각할 수도 있다. 하지만 논설문을 쓰든, 설명서를 쓰든 혹은 보고서를 쓰든, 과제를 쓰든 모든 글쓰기 행위에는 시놉시스가 있어야 한다. 머리에든, 노트에든 적어놓은 시놉시스는 글쓰기의 '사용설명서'가 된다.

다른 사람들에게 보여주기 위해서가 아니라 글이 짜임새 있게 작성되기 위해서이고, 내가 쓴 글이 주제와 벗어나지 않도록 하는 장치다. 시놉시스를 작성하되 이것은 작가만의 비밀로 간직하자.

이제부터 '시놉시스'라고 하지 말고 사용설명서라고 정의하자. 그냥 만만한 글쓰기의 입문한 우리들만의 정의다.

만만한 글쓰기 사용설명서

① 무엇을 쓰고 싶은가?

② 왜 쓰려고 하는가?

③ 대상은 누구인가?

④ 글을 끌어가는 뼈대(주요 에피소드)가 되는 이야기는 무엇인가?

⑤ 등장인물이 있는가? 있다면 그는 어떤 사람인가?

⑥ 어떤 소재들을 갖고 있는가?

물건을 조립하기 전 사용설명서를 읽듯이 글을 쓰기 전 글쓰기 사용설명서를 만들어 보자. 머리로 남겨 놓아도 좋고 잘 보이는 곳에 메모를 해두어도 좋다.

위 사용설명서는 크게 두 가지로 나눠볼 수 있다. ①, ②, ③번은 주제에 대한 내용이다. 쓰고자 하는 목적을 분명히 해둠으로써 주제가 다른 곳으로 흘러가는 것을 방지해 준다.

글을 쓰다 보면 여러 가지 에피소드나 정보, 지식들이 정리되지 않는 경우가 있다. 또한 한 가지 에피소드를 집중해서 글을 쓰다보면 에피소드 하나가 강렬해 그것 때문에 길을 잃는 경우가 있다.

하고 싶었던 이야기는 '직장상사에게 혼났던 얘기였는데, 커피에 관한 설명을 하고 있는 경우'가 종종 생긴다. 그리고 가장 많이 하는 실수이기도 하다.

또한 기존에 생각하지 못했던 것이 무의식적으로 생각나기도 한다. 글을 쓰다보면 과거의 감정이나 생각, 경험 등이 생각나 에피소드가 되기도 한다. 기존에 갖고 있던 것 보다 더 좋은 글쓰기 재료가 되기도 한다.

① 무엇을 쓰고 싶은가?
② 왜 쓰려고 하는가?
③ 대상은 누구인가?

이때 ①, ②, ③번은 기준점이 된다. 새로운 에피소드가 과연 주제에 맞는지, 독자들에게 설득이 될지를, 기존의 에피소드와 바꾸는 것이 더 효과적일지 판단하게 하는 기준이 된다. 아무리 재미있는 에피소드라도 쓰고자 하는 기준에 맞지 않는다면 미련없이 버려두자.

나는 커피를 좋아한다. 일주일 마다 원두를 구입해 매일 퇴근 후 핸드드립으로 내려 먹을 정도였다. 커피의 종류는 많다. 신

맛이 나는 예가체프, 고소한 맛이 나는 콜롬비아 등 하지만 그 중에 내가 잊지 못하는 커피는 3년 전쯤에 태국에서 마셔본 도위창 커피다. **지금의 커피 농장이 있던 곳은 사실 마약을 기르던 곳이었다고 한다. 한 분이 애써 커피나무 재배에 성공을 했는데 그 이후 그곳에서 마약은 사라지고 커피 농장이 생겼다. 맛만큼이나 이야기도 풍성하다. 입국하자마자 핸드드립 세트를 샀다. 태국에서 사들고 온 커피를 내려먹고 싶어서였다. 그게 내 커피인생의 시작이었다.**

하지만 1년 전 부터는 거의 커피를 마시지 않는다. 정기검진에서 혈압이 높은 편으로 나왔고 카페인이 혈압에 좋지 않다는 정보를 얻고서 부터 왠지 커피를 마시면 심장이 더 빠르고 강하게 뛰는 기분이 들었기 때문이다.

오늘 아침에는 믹스커피를 마셨다. 믹스커피를 마시는 모습을 보는 후배가 괜히 눈치를 본다. 일을 하다가 스트레스가 극한에 달했을 때다.

안 그래도 출근시간은 1시간이나 앞당겨 준비한 회의였다. 부장과 과장은 준비한 자료를 보는 둥, 마는 둥 하더니 괜한 트집들을 잡는다. 사실 회의 준비한 자료는 과장이 최종 결재한 내용이었고 자신은 너무 좋다고 하던 차였다. 과장은 시큰둥한 표정으로 '이런 프로젝트를 할 거면 회사에서 나가라'고 할 정도였다.

회의에서 나오자마자 믹스커피를 탔다. 마침 큰 종이컵이 있어서 커피를 두 개나 넣고 저어 먹었다. 한숨이 나왔다. 후배가 결재서류를 들고 왔다. 왠지 눈치를 본다. 눈을 못 마주친다.

나는 평소보다 결재서류를 꼼꼼히 확인했다. 내가 사인하는 순간 내 책임이기 때문이다. 후배가 결재서류를 참 꼼꼼하게도 작성해 왔다. 나는 '잘했다'고 칭찬한다. 오늘 점심은 후배와 맛집을 찾아가야겠다.

글에서 필요하지 않는 부분이 보이는가? 진하게 처리한 부분은 커피를 얼마나 좋아하는지, 커피를 좋아하게 된 계기에 대한 내용이다. 태국에서 마신 커피에 대한 설명과 커피가 만들어지게 된 극적인 이야기는 물론 좋은 이야기가 된다.

하지만 문제는 전체적으로 하고자 하는 이야기와는 다른 노선이다. 자칫하면 글의 주제가 다른 곳으로 빠져나가기 십상이다. 주제에 대한 집중도가 떨어질 수 있기 때문에 삭제하는 것이 좋다. 그 부분을 삭제할 때 주제를 더욱 명확히 보여 준다.

④ 글을 끌어가는 뼈대가 되는 이야기는 무엇인가?
⑤ 등장인물이 있는가? 있다면 그는 어떤 사람인가?
⑥ 어떤 소재들을 갖고 있는가?

④, ⑤, ⑥은 주제를 더욱 명확하게 해주는 재료다. 혹은 주제를 독자에게 효과적으로 설명하고 설득하기 위한 장치다. 글의 맛을 내는 양념과 같다.

④와 같이 글을 끌어가는 이야기를 작성해 둬야 하는 이유는 글의 스토리를 시간 순으로 배열할지, 생각의 흐름대로 적어갈지, 1인칭인지, 3인칭인지 등을 설정해 글을 더욱 풍성하게 할 수 있기 때문이다.

쉽게 말해 전체적인 이야기를 끌고 가는 큼직한 사건들을 미리 설정하고 이에 대한 배열을 바꿔가면서 글을 구상해야 한다는 이야기다.

논설문이나 설명문으로 생각해 보자면 주제를 앞에 둘 것인지, 뒤에 둘 것인지 혹은 앞뒤에 배치해 강조할 것인지에 대한 결정이 있어야 한다는 의미다.

등장인물이 있을 경우 등장인물의 성격은 독자로 하여금 글에 대한 실마리를 주고 글의 긴장감을 준다. 미리 사용설명서에 이와 같은 부분을 설정해 두고 필요 요소에 배치한다면 독자는 더욱 재밌게 글을 읽을 수 있게 된다.

소소한 소재들은 이야기를 풍성하게 만든다. 그리고 적절하게 쓰인 소재는 주제를 더욱 부각시키기도 한다.

앞에서 도위창 커피를 소재를 '나의 태국 여행기'나 '내가 좋아하는 커피를 소개합니다'라는 주제의 글에서 사용했다면 어땠을까? 독자들의 흥미를 끌 수 있는 좋은 아이템이 될 수 있었을 것이다.

글을 쓰기 전 사용설명서를 작성해보자. 익숙해지면 따로 거치지 않아도 되는 과정이지만 분명한 것은 이 과정을 거쳐야 글의 구성에 짜임새가 생긴다. 짜임새 있는 구성은 독자를 즐겁게 하고 독자를 효과적으로 설득할 수 있는 최고의 방법이다.

당신은 독자가 있습니까? - 예상독자 설정하기

앞으로 돌아가 보자. 글쓰기의 전부는 '독자'라는 말이 기억에 남는가. 계속 반복하는 이유는 말 그대로 독자에서 모든 것이 시작되기 때문이다. 독자를 강조하는 이유는 두 가지다. 첫째는 독자를 결정해야 글의 색깔이나 문체 등을 결정할 수 있기 때문이다. 그리고 글을 읽을 독자를 좁은 범위로 설정해 두고 글을 쓸 때 조금 더 설득력 있게 글을 쓸 수 있다.

두 번째는 독자가 없으면 글쓰기가 재미없기 때문이다. 읽어주지 않는 글, 피드백이 없는 글을 쓰는 일은 여간 곤혹이 아니다. 아무도 반응하지 않고 아무도 읽어주지 않는 글은 죽은 글이다.

보고서를 작성하는 사람에게 '독자'는 직장의 상사다. 과제를 읽는 독자는 당연히 지도교수가 될 것이다. 이 글은 글쓰기를 가깝게 하고 싶은 사람들을 위한 글이다. 독자를 예상하고 그 예상된 독자의 수준에 맞게 내용을 편성하고 글쓰기를 해야 한다.

글을 쓸 때 마음속에는 '모두를 만족시킬 수 없다'는 명제를 갖고 있어야 한다. 같은 주제일지이라도 초등학생을 대상으로 쓰는 글과 고등학생에서 쓰는 글은 다르다.

또한 학생들에게 쓰는 글이 다르고 직장인에게 쓰는 글이 다르다. 모두를 만족시키려다 보면 한 명도 만족시킬 수도 없게 된다. 독자를 선택, 결정해야 한다.

무엇을 쓸 것인지 결정했다면 다음은 누구에게 쓸 것인지에 대한 것에 대해 고민해야 한다. 아래와 같은 질문을 던져보자.

① 쓰려고 하는 주제에 관심을 가질만한 사람은 어떤 부류인가?
② 그 대상의 배경지식(교육수준)은 어느 정도인가?
③ 예상독자는 남자인가, 여자인가?
④ 주위 사람 중 쓰려고 하는 주제에 대해 관심 있어 할 만한 사람은 누구인가?
⑤ 설정한 예상독자에 대한 제1독자의 의견은 어떠한가?

어떠한 사람이 'K리그에 대한 리뷰'를 쓰려고 한다고 생각해 보자. 당장에 이 글을 읽는 이들 중에도 K리그에 대한 배경지식이나 사전 정보가 다를 것이다. 누군가는 K리그가 무엇인지 아예 모르는 사람이 있는가 하며 K리그의 역사부터 최근에 주목 받고 있는 선수와 그에 대한 영입전쟁까지 줄줄 외우고 있는 사람이 있다.

우선 독자를 좁혀가 보자. K리그보다 더 큰 개념인 축구에서 시작을 한다. 두 질문 중 하나를 선택하면서 예상독자를 선정해 가보자.

① 축구에 대해서 잘 아는가? / 축구에 대해서 전혀 알지 못하는가?
② EPL 등 해외축구에 관심이 있는가? / 없는가?
③ 축구를 실제로 즐기는가? / 축구를 눈으로만 즐기는가?
④ K리그에 대해 잘 아는가? / K리그에 대해서는 잘 모르는가?

예상독자를 설정하기 위해 4가지 질문지를 만들어 봤다. ①의 경우는 사실 주제가 바뀔 수도 있는 이야기다. 예를 들어 축구에 대해서 전혀 알지 못하는 사람들을 위해 글을 쓴다고 생각해 보자. 'K리그에 대한 리뷰'보다는 축구를 얼마나 많은 세계 사람들이 사랑하고 얼마나 역동적인 스포츠인지 설명하는 것이 맞을 것이다.

그렇다면 ①에서는 축구에 대해서 잘 아는 사람이 대상이 될 것이다. ②로 넘어가 보자. K리그가 아닌 다른 나라의 축구 리그에 대한 관심 여부가 대상 결정에 도움이 된다.

축구는 좋아하지만 K리그를 좋아하지 않는 사람들에게 쓰는 글이라면 '리뷰'와는 조금 다른 내용의 글이 될 확률이 높기 때문이다. 해외 리그는 좋아하지만 K리그를 좋아하지 않는 사람에게 '리뷰'를 작성했을 때 관심도 없을 뿐더러 읽는다 하더라도 'K리그는 재미없는 리그잖아'하는 이야기를 들을 공산이 크기 때문이다.

②에서는 둘 중 어느 것을 결정하든 전체적인 주제에 변화를 주지는 못한다. 다만 어떤 내용을 담을 것인가 하는 것에 대한 변화는 생각해봐야 한다.

③도 역시 주제에 대해 변화시키지는 않지만 세부적인 내용에서 소재를 활용할 것인가에 대한 힌트를 제공한다. 실제로 축구를 즐기는 사람이라면 어떤 상황 속에서의 느낌이나 감정을 함께 공유할 수 있기 때문에 간단하게 서술해도 되는 부분이 많이 생긴다. 축구를 눈만 즐기는 사람에게는 더욱 생생하게 표현을 해줄 필요도 생긴다. 함께 느낄 수 있도록 말이다.

④ K리그에 대해 잘 아는 사람들에게는 그 주의 경기에 대한 리뷰만 하면 된다. 라이벌 관계라든지에 대한 설명보다는 경기가 어떻게 이뤄졌는지, 누가 이겼고 누가 골을 넣었는지 등에 대한 경기 전반에 대한 서술이 필요하다.

반대의 경우라면 K리그에 대한 흥미를 가질 만한 요소를 넣는 것이 좋다. 예를 들면 K리그 안에서의 라이벌 관계라든지, K리그의 역사 등을 흥미롭게 서술할 필요가 있다.

독자를 결정하는 일은 글의 전체적인 분위기부터 소재를 선택하는 데까지 많은 영향을 미친다. 그렇기 때문에 글을 본격적으로 쓰기 전 독자에 대해 고민해야 한다.

쓰려고 하는 주제에 대한 배경지식은 물론, 성별, 직업군 등까지 구체적으로 설정해놓는다면 글쓰기가 한결 쉬워질 것이다.

사실 이 글을 쓰기 전 독자선택은 범위가 넓었다. 언어나 예시 등이 구체적이지 못한 부분이 있는 이유다. 이런 경우에는 중도에 서서 독자들의 공통점 이 책으로 말하면 글쓰기 습관을 기르고 싶은 사람, 글쓰기에 재미를 붙이고 싶은 사람, 글을 쉽게 쓰고 싶은 사람이라는 공통관심사에 맞춰서 글을 작성하면 된다.

독자를 선정하기 위해서 주위를 살펴볼 필요도 있다. 삶을 살아가며 많은 관계를 맺고 산다. 그 관계 속에서 독자를 선정하고 그에게 전달하듯이 글을 써보는 것도 괜찮다.

아버지!

오랜만에 당신의 이름을 불러봅니다. 오늘은 청첩장을 만들었습니다. 아! 제가 9월에 결혼한다는 말은 어머니 통해 들으셨을 것 같아 따로 하지 않았습니다.

하지만 아버지의 이름은 빼고 어머니의 이름만 넣었습니다. 혹시 서운해 하시는 것은 아닌지 생각이 들지만 어쩔 수 없습니다. 며느리, 손자 보다 더 하늘나라가 좋아서 일찍 가신 것은 아버지니까요.

아버지가 참 원망스럽습니다. 아버지가 없던 제 20대는 너무 큰 핸디캡을 안고 살아야 했습니다. '이거 우리 아빠가 사줬다'라며 자랑하는 친구들 앞에 고개 숙여야 했습니다. 아버지가 계셨더라면 결혼도 더 빨리, 넉넉하게 준비할 수 있지 않았을까 생각을 합니다.

그런데 가장 서운한 것은 인생의 고비마다 물어보고 싶은 것이 너무 많았는데 그 때마다 아버지는 제 곁에 없으셨다는 것입니다. 꼭 아버지는 답을 알고 계실 것 같은데 당신은 우리의 곁에 없었습니다. 모든 것을 선택해야 했고 모든 것을 책임져야 했습니다.

본격적으로 결혼을 준비하면서 너무 막막한 것이 많습니다. 가장이 되는 것이 쉽지 않습니다. 하나부터 열까지 아버지의 조언이 필요하지 않은 것이 없었습니다. 다행히 상견례는 제가 아버지처럼 따르는 삼촌이 동행하셔서 행복 가운데 마칠 수 있었습니다. 하지만 아버지의 빈자리는 여전히 너무 큽니다.

조금이라도 아버지께 묻고 싶었습니다. 제가 잘하고 있는지, 어떻게 하면 어릴 적 우리 집처럼 결혼 후에 행복할 수 있는지 말입니다. 그런데 아버지는 없습니다.

당신의 예비 며느리와 자주 아버지의 이야기를 합니다. 분명 당신이라면 예비 며느리를 딸처럼 예뻐하셨을 텐데 뭐가 그리 급하셔서 먼저 가셨는지요. 앞으로 태어날 선율이와 화음이도 한 번 안아보지도 않고 뭐가 그리 좋아 급히 하늘에 가셨는지요. 아직 결혼도 안 했지만 아이들 이름은 벌써 지어 놓은 것을 아시면 핀잔을 주시겠죠?

첫째 아이는 선함을 흘려보내는 아이라는 뜻으로 '선율'이라고 지었습니다. 둘째는 '화평을 외치는 아이'라는 의미를 담았습니다. 둘이 합치면 선율과 화음, 즉 아이들의 삶이 아름다운 음악이 돼서 세상을 아름답게 만들었으면 하는 우리의 바람을 담았습니다. 아버지 아들답죠?

나이가 들면서 어머니가 자주 하는 이야기가 있습니다. 제가 아버지를 닮아 간다는 것입니다. 어릴 적 형은 아버지와 판박이, 저는 어머니와 판박이라는 소리를 많이 들었습니다. 그런데 나이가 든 저는 아버지를 많이 닮아 갑니다. 제가 만드는 볶음밥은 아버지가 해주던 맛있는 볶음밥 맛과 같답니다. 그렇게 싫어하던 포도인데 어느 새인가 포도를 입에 달고 삽니다. 아버지처럼 진밥도 맛이 있습니다. 그리고 힘이 들 때면 동해바다를 찾습니다. 아버지가 그랬던 것처럼요.

저는 아버지의 길을 걷고 있습니다. 아버지는 어머니와 만나시면서 기자생활을 접으셨다고 들었습니다. 저도 아버지와 같이 기자의 길을 걸어가고 있습니다. 기자 명함을 어머니께 건네던 날 밤새 어머니는 펑펑 우셨습니다.

아버지, 나에게는 소원이 생겼습니다. 나의 와이프에게, 우리 선율이와 화음이에게 아버지 같은 아버지가 되는 것입니다. 아버지가 그랬던 것처럼 나의 아내에게는 든든한 버팀목이, 자녀들에게는 세상이 되어 주고 싶습니다. 하지만 당신처럼 일찍 하늘나라에 가지는 않을 겁니다.

아버지의 차 조수석은 언제나 저의 자리였습니다. 옆에 앉아 먼 길을 가다보면 많은 이야기를 해주셨습니다. 멀리 보이는 산의 이름도 알려주시고 그렇게 이름 지어진 이유도 들었습니다. 그 속의 전설을 듣다보면 꽉꽉 막힌 고속도로도 지겹지 않았습니다. 아버지는 내가 하고 싶은 일이라면 전적으로 밀어주셨습니다. 아버지의 울타리 속에서 많은 꿈을 꾸었습니다. 돌아보면 언제나 운동장에서 축구를 하다보면 멀리서 사진을 찍고 있는 아버지가 보였습니다. '우리 아빠는 같이 축구하는 그런 사람이 아니야'라며 불만을 토로할 때마다 아버지는 그저 웃으셨습니다. 그 사진 속 주인공이 나와 형이라는 사실은 어른이 돼서 너무 늦게 알아버렸습니다. 아버지! 사진을 배우다 보니 찍는 사람의 마음이 사진에 나타난다는 이야기가 공감이 됩니다. 나의 사진 속 아버지의 마음은 '사랑'이었습니다.

아버지! 아버지가 그랬던 것처럼 아이들에게 넓은 세상이 되어 주고 싶습니다. 당신은 나에게 넓은 세상 그 자체였습니다.

아버지가 하늘로 떠난 지도 벌써 10년도 더 되었습니다. 이제는 아버지의 목소리도 기억나지 않지만 당신이 만들어 준 세상은 여전히 나의 삶 속에 남아 있습니다.

아버지 오늘 같은 밤, 당신과 마주앉아 아버지의 며느리도 자랑하고 이것저것 묻고 싶은 것이 너무 많습니다. 그리고 평생 해보지 못했던 사랑한다는 말을 하고 싶습니다. 하지만 당신은 이곳에 없습니다.

그래서 더...

아빠! 당신이 너무 보고 싶습니다.

돌아가신지 15년도 더 된 아버지를 향한 편지이자, 일기였다. 결혼을 준비하던 때 청첩장을 들고 한참이나 울다가 쓴 글이다. 예상독자는 '아버지', 혹은 아버지들 그리고 아버지에 대한 추억 있는 사람들이었다. 정보를 전달하기 보다는 감정을 전달하는 글이다.

이처럼 예상독자를 한 명으로 잡을 경우에는 편지 형식이 될 수도 있다. 다만, 예상독자를 한 명으로 잡되 주제나 형식은 여러 사람이 공감할 수 있도록 작성하는 글쓰기 기술이 필요한 경우다. 개인의 이야기지만 독자의 이야기처럼 들리도록 말이다. 아버지 이야기는 지극히 개인적인 이야기지만, 함께 공감할 거리가 많다. 이런 경우에는 좋은 글감이 되기도 한다.

아버지나 어머니의 이야기는 대부분이 공감할 수 있는 내용이다. 하지만 독자를 누구로 두냐에 따라 많은 것이 바뀐다. 어린이가 다르고 청소년이 다르고 어른이 다르다. 독자를 예상해야 하는 이유다. 예상독자를 먼저 선택해야 하는 이유다.

위와 같은 과정은 홍보기획 측면에서도 주요하다. 글쓰기 기획 단계는 마케팅의 기획단계와도 유사하기 때문이다.

제1독자와의 아주 특별한 만남

'나의 제1독자는 사랑하는 아내다.'

힌트가 되었는지 모르겠다. 지금부터 독자를 두 가지로 정의해 보자. 지금까지 이야기 한 독자는 '예상독자', '실독자'이다. 두 번째 독자는 '제1독자'다. 예상독자가 완성된 글을 읽는다면 제1독자는 완성되지 않는 글을 읽거나 글의 콘셉트, 선정된 독자에 대한 평가까지 가능하다.

제1독자는 가장 가까운 사람이 될 확률이 높다. 글이나 쓰려고 하는 주제, 독자를 객관적으로 볼 수 있고 글을 쓰고자 하는 사람에게 직언을 할 수 있는 사람이 될 수 있기 때문이다. 팬이자 평론가다. 정리해 보면 '응원하는 마음으로 글을 읽지만 객관성을 갖춰줄 수 있는 사람' 정도다.

제1독자는 제1호 팬이다. 믿고 응원해 줄 수 있는 사람이다. 제1독자의 중요성은 제1독자로 인해서 글쓰기에 대한 재미를 들일 수 있다는 점이 가장 크다.

대학시절 작품을 읽고 글을 쓰고 비평하고 비평 받는 일이었다.

문예창작과가 거의 그렇듯 매주 과목별로 시를 쓰고 소설을 쓰고 아동문학을 쓰고 희곡을 써야 한다. 거기에 비평문을 써야 한다. 이때 한 가지 거치는 것이 있다. 바로 작품을 발표하고 토론하는 일이다. 합평이다.

동료들의 평가는 칼 같다. 개인에 따라 차이가 있겠지만 적나라하게 비평하는 동료들이 많다. 물론 이 과정이 '서로가 서로의 독자가 된다'는 면에서는 긍정적인 효과가 있다. 하지만 적어도 나에게는 온몸이 발가벗겨져서 모두의 앞에 서는 것만 같은 일이었다. 부끄러웠고 창피했다.

직장생활을 하고 있는 지금도 그 트라우마는 여전하다. 기사를 쓰거나, 외부에서 요청이 들어온 대필원고 등을 작성할 때면 언제나 마음 한켠에 걱정이 앞선다. 여전히 사람들 앞에서 발가벗겨지는 기분이다.

특히 개인적인 글을 쓰는 일을 어려워한다. 내 삶이 적나라하게 드러나는 것 같기 때문이다. 블로그에 개인적인 일상을 쓰는 것이 두렵고, 오랜만에 시를 쓰려고 해도 '비판을 받지는 않을까' 하는 걱정이 앞섰다.

하지만 제1독자가 생긴 이후에는 글쓰기가 행복해졌다. 현재의 아내는 연애시절부터 제1독자가 되어 주었다. 결혼한 지금도 블로그에 올려놓은 글을 보며 언제나 감상을 이야기한다. 물론 따가운 오류를 발견하기도 한다.

"이 이야기 무슨 말인지 모르겠어"라고 말이다. 아내가 그렇다고 하면 그런 것이다. '어버버'하면서 설명하고 변명하지만 그 또한 행복이다. 아내가 보는 글이기 때문에 더욱 집중하고 재밌게 쓰려고 노력한다.

그런 글은 수정하는 것이 맞다. 제1독자인 아내에게 업무상 작성한 글을 보낼 때도 있다. 독자 입장에서 객관적으로 봐줄 수 있기 때문이다. 편견이 없기 때문에 더 객관적인 평가가 가능하다. 아내가 있기에 글쓰기가 더 행복하다. 두렵지 않다. 계속해서 쓰고 싶은 마음이 든다.

제1독자를 독자로 하여 출간된 책도 많다. 대표적인 작품이 '죽기 전에 시 한편 쓰고 싶다'이다.

'……오래 보아야 사랑스럽다 / 너도 그렇다' 따뜻하고 쉬운 시로 독자들의 가슴을 뭉클하게 했던 나태주 시인이 낸 시쓰기 수업책이다. 이 책에는 큰 특징이 있다. 처음부터 끝까지 은영 씨에게 말을 건다. 은영 씨에게 시는 무엇인지, 어떻게 써야 하는지, 그녀가 쓴 시에 대한 감상도 싣는다.

한 장, 한 장 책을 읽다 보면 독자는 은영 씨가 되어 있다. 은영 씨는 나태주 시인의 아내다. 아내에게 시를 가르치고 함께 시를 쓰면서 있었던 에피소드가 정겹다.

독자를 아내로 설정하고 글을 쓰니 더욱 시인과 가까워진 느낌이 든다. 모르긴 몰라도 나태주 시인의 제1독자는 '은영 씨'였을 것이다.

여러분의 제1독자는 누구인가?

글쓰기에 있어 독자는 참으로 중요하다. 독자로 인해 주제, 문체, 소재 등이 결정되기 때문이다. 또한 독자는 글을 쓰는 목적인 동시에 글을 쓰게 하는 에너지다. 즐거운 글쓰기는 독자의 유무에 따라 달라진다. 글쓰기가 즐거워지면 당연히 글쓰기 습관이 든다. 그것이 우리가 독자를 제일로 생각해야 하는 이유다.

보고 듣고 그리고 써라 - 취재에 관하여

"잠깐 와볼래?"

선배의 목소리가 무겁다. 무섭다.

"지금 써서 올린 기사 어떤 내용인지 나한테 한 번 설명해 봐."

"그러니까. 북한이탈주민들의 정서적 안정을 위한 지원이 필요하다는 이야기인데……."

"그건 네 생각이고? 너 이 기사 쓰기 위해서 취재했어?"

"며칠 전 세미나에서 받아온 자료가 있어서 참고만……"

"야! 그걸 중심으로 하되 여러 사람들의 이야기를 들어 봐야 더 생동감 넘치는 기사가 되지, 지금 이건 기사가 아니라 그 교수의 칼럼이자, 너의 칼럼이 되어 있잖아. 객관적이지도 않고!"

평소 말이 느릿느릿한 선배의 말이 총알처럼 빠르다. 첫 직장에서 매주 마감 때마다 듣던 이야기다. 어느덧 10년 가까이 지난 지금 후배들에게 똑같은 이야기를 하고 있는 것을 발견한다.

"인터뷰 더 해오세요."
"내용이 재미가 없네요. ○○○, ○○○한테 전화하든 방문하든 해서 추가 취재해 오세요."

팀의 후배들에게 입사 초반에 가장 많이 하는 말이다. 그만큼 글쓰기에 있어서 '취재'는 매우 중요하다. 원리는 간단하다. 사전취재→주제설정→취재→자료정리→글쓰기 추가취재→글쓰기→퇴고의 순을 갖는다. 주제설정을 하기 전에 취재가 필요한 이유는 어느 정도 정보가 있어야 쓰려고 하는 주제의 각을 잡을 수 있기 때문이다.

사전에 취재 없이 주제설정을 하게 될 경우에 주제가 날이 서지 않고 무딜 가능성이 높다. 주제가 무디다 보니 글도 무뎌진다.

글쓰기 과정에 취재라는 부분은 세 번이나 반복하는 이유는 두 가지로 정리해 볼 수 있다. 첫째는 정확한 내용을 글에 담기 위함이다. 어떤 정보를 글의 소재로 사용해 글을 쓴다고 했을 때 취재 과정이 없이 글을 쓴다면 사실과 다른 내용을 싣기 마련이다. 또한 정확한 자료는 쓰고자 하는 글의 신뢰성을 높일 수 있는 방법이기 때문이다.

글쓴이보다 해당 주제에 대한 전문가나 권위자의 정보와 말을 빌

려옴으로써 자신의 글에 대한 신뢰성을 갖도록 할 수 있다.

> 한국 OOO 대통령이 "통일 준비를 위한 구체적인 준비를 함께 하
> 자고 합의, 다음달 8월부터 민간교류의 확대 차원에서 양국 주
> 민의 DMZ통과가 허가된다"고 말했다.
> 회사원 OOO 대리가 "통일 준비를 위한 구체적인 준비를 함께 하
> 자고 합의, 다음달 8월부터 민간교류의 확대 차원에서 양국 주
> 민의 DMZ통과가 허가된다"고 말했다.

한편으로 기대되는 일이기도 하지만 생각해 보면 현실감이 먼 예
시다. 남북문제와 관련해서 대통령을 대리로 바꾸고 나니 신뢰감이
확 떨어진다. 저 사람이 미쳤나 하는 생각이 든다. 누군가는 출처가
어디냐?고 대리에게 따져 물을 것이다.

하지만 대통령이 말했을 때는 그만큼의 사전정보나 지위가 있기
때문에 신뢰성을 갖는다. 쓰고자 하는 주제에 맞는 정보를 신뢰 있는
사람에게 얻어야 하는 이유다.

취재가 필요한 두 번째 이유는 글쓰기 소재를 확보하기 위해서다.
취재를 통해 인용하는 것뿐만 아니라 쓰고자 하는 내용에 대한 정보
를 추가적으로 얻어 재가공할 수 있다.

만약에 제대로 취재가 되어 있지 않는 것은 총알 없이 전쟁터에
나가는 상황을 비유해 볼 수 있다. 작가가 가진 총알인 소재들로 정

보든, 감정이든 공감할 수 있도록 혹은 설득될 수 있도록 글을 써야 하는데 취재 과정이 없다면 글이 부실해질 수밖에 없다. 또한 취재가 잘 된 글은, 표현면에서 더욱 구체적이고 생동감이 있다. 보고, 듣고, 느끼고, 경험했기 때문이다.

취재는 정보를 습득하는 모든 과정을 말한다. 특히 인터넷이 발달되면서 글을 쓰기 위한 소재들을 쉽고, 빠르게 찾아낼 수 있게 되었다.

기본적으로 취재에는 인터뷰가 들어갈 수 있다. 기자뿐만 아니라 소설가 등 작가 등도 작품을 위한 취재활동을 무궁무진하게 한다. 한 캐릭터를 만들기 위해 캐릭터가 가진 직업군을 만나 인터뷰 하고 관련 자료들을 수도 없이 찾는다.

독서는 최고의 취재원이다. 독서를 간접의 경험이라고 하는 이유는 직접 경험해보지 않고 다른 이들의 경험을 책을 통해 겪어 볼 수 있기 때문이다. 또한 책을 통해 인용 자료를 얻을 수 있고 문체 등도 배울 수 있기 때문에 독서를 통한 취재는 꾸준히 할수록 좋다. 영화 등의 문화생활도 취재가 될 수 있다.

이렇게 따져보는 취재는 어려운 과정이다. 하지만 쉽게 생각해 보자. 글쓴이가 보고, 듣고, 느끼는 모든 과정이 취재다. 출근길 지하철 안에서 본 특이한 사람이 영감이 되기도 하고 쓰고자 하는 글의 등장인물이 되기도 한다.

친구와의 말 한마디가 글의 실마리가 되기도 하고 지나가면서 본 광고 한 줄의 카피가 문장의 연결고리가 되기도 한다.

쉽게 말해 '취재' 과정은 '관찰'의 과정이다. 글을 잘 쓰기 위해서는 관찰하는 습관을 기르는 것이 좋다. 한편으로는 독서를 하고 인터뷰를 하는 과정도 관찰을 하는 과정이라고 볼 수 있다.

관찰을 하면 할수록 글은 풍성하다. 우선 내용이 풍성하다. 적절한 예화와 함께 적절한 비유가 들어가 쓰고자 하는 글을 풍성하게 만든다.

또한 표현이 풍성해 진다. 쓰고자 하는 대상이나 소재를 구체적이고 생동감 있게 표현할 수 있게 된다. 막연히 머리로 생각하는 것 보다. 보고 듣고 느낀 바를 표현하면 더욱 글에 생명력을 실을 수 있다.

철수는 몇 시간째 영희를 기다리고 있었다.
철수는 몇 시간째 손톱을 깨물며 휴대폰 속 커플 사진만을 쳐다보고 있었다.

무엇이 다른가. 그저 '기다리고 있었다'라고 표현하면 밋밋하고 현장감이 느껴지지 않는다. 하지만 손톱과 휴대폰이라는 재료를 가져다 인용해 철수가 얼마나 불안한 마음으로 영희를 기다리고 있는지 더 효과적으로 표현할 수 있다.

손가락을 깨무는 행위는 불안함을 나타내는 대표적인 행동이다. 그리고 휴대폰 속 커플사진을 명시해줌으로써 둘이 연인이라는 사실을 은연중에 표현했다. 그리고 곧 그들은 이별할 것이라는 암시도 있다.

글을 구체적으로 묘사하게 되면 직접적으로 말하지 않아도 분위기나 상황을 더욱 생동감 있게 표현할 수 있다. 이러한 표현은 주위를 관찰하고 특징을 살피는 습관으로 만들 수 있는 요소다.

관찰을 습관적으로 하다 보면 생생한 표현의 기초가 되기도 한다. 그리고 이야기의 소재가 되기도 한다. 관찰은 곧 취재다.

글밥을 먹은 지 10여 년이 지나니 글만 봐도 취재를 했는지, 머리로만 글을 썼는지 알게 된다. 표현력이라는 재능과는 상관없이 취재를 많이 한 후배의 기사는 재밌고 생동감이 있다. 하지만 취재를 하지 않은 후배의 글은 딱딱하고 재미없다. 읽는 사람이 이렇게 힘든데 쓴 사람은 '얼마나 고통스러웠을까' 하는 생각을 들게 할 정도다.

쉬운 글쓰기를 위해서는 취재에 공을 들여야 한다. 관찰해야 한다는 말이다. 가진 것이 많으면 글쓰기가 한결 쉽다. 그리고 생동감 넘치게 쓸 수 있다. 좋은 질문에서 좋은 답이 나오듯이 좋은 취재에서 좋은 글이 나온다.

제목은 글의 마침표다 – 제목을 두 번 써야 하는 이유

준비가 다 됐다면 글을 쓰면서 가장 첫 번째 해야 하는 일이 무엇일까? 제목을 가장 먼저 다는 방법을 추천한다. 주제와 선정한 독자를 고려해 쓰고자 하는 내용을 한 문장으로 압축하면 제목이 된다. 처음 제목을 다는 단계에서는 톡톡 튀거나 특이하지 않아도 된다.

그 이유는 처음 쓰는 제목은 글쓰기의 네비게이션 역할만 할 뿐이기 때문이다. 쓰는 이가 혼자만 보는 제목이 될 확률이 굉장히 높다는 이야기다. 글을 마무리하고 제목을 다시 한 번 수정하는 과정을 거쳐야 하기 때문에 제목을 애써서 달 필요가 없다.

물론 아주 좋은 제목이 있다면 조금의 수정을 거쳐 처음 제목이 되는 경우도 있지만 대부분 처음 제목은 마지막에는 버려지는 경우가 많다. 글을 쓰다 보면 그 안에서 좋은 제목이 나와 바뀌는 수가 많기 때문이다. 글을 쓰다보면 내용에서 좋은 제목이 나오는 경우가 허다하다. 그러니 제목이 안 써진다면 대충 하고 싶은 말이 무엇인지 적어두자. 길만 잃지 않도록 말이다.

첫 제목에서 무슨 이야기를 하고 싶은지, 독자는 누구인지에 대한 힌트를 작성해 두자. 그러면 글을 써내려가는 가운데 곁길로 빠지지 않고 주제를 향해 곧장 써내려 갈 수 있다.

글쓰기의 가장 큰 훈련 방법은 글을 쓰고, 피드백을 받는 것이다.

'글쓰기와 합평'의 주제로 글을 쓰기 위해 첫 제목을 달았다. 글쓰기 커뮤니티 meeji에서 몇 몇 회원들에게 2시간 동안 강의할 기회가 생겼는데, 무엇을 알려줘야 하나 고민하며 강의안을 만들기 위해서 써놓은 글의 첫 제목이다.

글의 대상은 글쓰기 훈련을 받고 싶은 사람, 혹은 글쓰기 스킬을 알고 싶은 사람, 혹은 글쓰기를 잘하고 싶은 사람. 정도가 될 것이다. 실제로 meeji의 회원 중에 많은 이들이 글을 꾸준히 쓰고 싶지만 그 방법을 몰라 가입한 회원들이 많았다는 점에서 착안했다.

meeji의 첫 콘셉트도 일주일에 한 편씩 글을 작성하고 공유해 단체 채팅방에서 응원하고 궁금한 것을 묻고 답하는 시스템이었다. 여기에 필요한 경우 글을 첨삭했다.

강의는 이 프로젝트를 오프라인으로 가져와 얼굴을 보고 같은 주제로 글을 쓰고 나누는 방식이었다. 최종적인 제목은

글쓰기가 두려운 당신, 수다 떨자.

라고 정리했다. 서로 피드백해 주는 행위를 '수다'로 정리해 더 독자들이 가볍게 생각할 수 있도록 배려했다. 피드백하거나 누군가를 가르치거나 평가한다는 말은 그만큼 부담이 느껴지는 단어이기 때문이다. 그리고 '글쓰기가 두려운 당신'이라고 지칭해 관심도를 높이려고 노력했다.

첫 제목을 쓰고 글이 완성되면 퇴고 과정과 함께 최종적으로 제목을 단다. 제목 달기와 관련해 신문기사를 작성할 때 배우는 것이 있

다. 독자는 첫 제목을 보고 그 기사를 읽을지 말지 결정한다. 그 후 첫 문장을 읽고 끝까지 읽을지 결정한다.

일반적인 글도 마찬가지다. 제목은 독자를 유혹해야 한다. 물론 어떤 내용을 담고 있는지에 대한 정보를 제공하기도 하지만 독자들의 호기심을 자극해야 한다. '이 글 읽어야겠는데'라는 마음이 들도록 제목을 써야한다.

사실 글의 제목을 다는 것도 '트렌드'가 있고 유행하는 시기가 있다. 그렇기 때문에 어떤 제목이 좋다라고 판단하거나 가르치기는 어렵다.

① 지금 나에게 필요한 책인가?
② 책의 제목에 관심이 끌리는가?
③ 책의 디자인은 깔끔하게 되어 있는가?
④ 소제목에 담긴 내용이 흥미를 끄는가?

주로 이 과정에 거쳐 책을 구입하게 된다. 지금이 이 글을 쓰고 있는 책상에 꽂힌 책들의 제목을 살펴보았다. 물론 주변의 추천이나 베스트셀러나 밀리언셀러를 보기도 하지만 그럼에도 이 네 가지 조건이 만족할 때 책을 구입한다. 그만큼 독자의 흥미를 끌었다는 뜻이기도 하다.

알면 인정받고 모르는 헤매는 군대심리학 / 당신이라는 말 참 좋지요 / 느리게 더 느리게 / 두려움에서 사랑으로 / 청년 트렌드 리포트 / 기사되는 보도자료 만들기 / 군대 가기 전에 꼭 맞아야 할 예방주사 / 기획자의 습관 / 미디어저작권 / 선생님도 헷갈리는 맞춤법 띄어쓰기 / 사진가를 위한 인물사진 리터칭 / 대통령의 글쓰기 / 유혹하는 글쓰기

대부분을 업무를 위한 실용서라는 한계가 있지만 제목들을 살펴보면 비슷한 패턴의 제목들이 눈에 들어온다. 내용에 따라, 출판사나 작가의 의도에 따라 제목을 지었겠지만 공통점은 그만큼 수요가 있고 독자들의 흥미를 끌 수 있기 때문에 제목을 선택했다는 점이다. 책뿐만 아니라 글도 마찬가지다. 제목은 독자들에게 주는 첫 이미지다.

앞서 말했듯이 제목은 두 가지 요건을 갖춰야 한다. '글 대한 내용을 다루고 있느냐', '그 내용을 얼마나 맛깔나게 담고 있느냐'이다. '정보성'과 '흥미성'을 함께 가져야 한다는 말이다.

우선 제목은 쓰기 보다는 '탐색'에 가깝다. 탐색에 가깝다는 말은 새로운 단어를 조합하거나 쓰기보다는 글 안에서 사용된 주요한 단어들을 조합하는 과정에서 만들어진다는 이야기다. 중요한 단어들을 문장으로 나열하고 문장을 한구절로 압축해 보면 꽤나 그럴싸한 제목이 나온다.

제목의 핵심은 동사다. 동사는 제목에 생명력을 불어 넣는다. 제목을 쓰다 보면 가장 많이 하는 실수가 명사를 나열하거나 구구절절 설

명하는 일이다. 굳이 설명하려고 하지 않아도 된다. 그것만 기억하자.

나의 하루, 직장과 집, 학생과 직장…….

정보성과 흥미성을 모두 잃어버린 결과가 나왔다. 어떻게 바꾸면 좋을까? 첫 번째 '나의 하루'를 바꿔 본다면 '나는 오늘 칼퇴근하기로 마음먹었다' 정도로 정리해 보면 어떨까? 하루 안에 무슨 일이 있었는지 흥미를 끌게 한다. 그동안 칼퇴근하지 못한 이유는 무엇일까? 하는 호기심이 생길 수도 있다.

또 한편으로 '더 이상 참아 주지 않겠다'는 어떤가? 직장상사나 직장에 대한 울분이 느껴지지 않는가? 울분이 가득했던 하루가 기대되는 제목이다.

이뿐만 아니라 제목의 앞부분에 주요한 단어를 사용하는 것도 좋은 방법이다. 스티븐킹의 《유혹하는 글쓰기》처럼 말이다. 늘려서 쓰면 '글쓰기로 독자를 유혹하는 법' 정도가 되겠지만 유혹하다라는 말을 앞에 배치함으로써 독자들을 유혹하는 제목이다.

제목을 달 때 첫 문장을 차용해서 오기도 한다. '나는 더 이상 참지 않겠다'라는 제목으로 직장생활에서 더 이상 참지 않고 모든 것을 뱉어버리는 주인공의 이야기를 쓴다고 생각해 보자. 사실은 상상이었다는 반전도 가미해 보자.

나는 더 이상 참지 않겠다

나는 더 이상 참지 않겠다. 오늘 이 시간부터 나는 더 이상 참지
않을 것이다. 심심하면 음담패설을 내뱉은 김 과장도, 책임을
회피하는 오 부장도 용서할 수가 없다. 이른 새벽에 일어난 나
는 이 같은 결론에 이르렀다. 칼을 갈 듯이……(후략)

이렇게 시작하는 것도 나쁘지 않은 시작이다. 분노로 가득 차 복
수를 다짐하지만 어쩔 수 없이 직장에서 다시 목소리를 감춰야 했던
주인공의 마음을 잘 대변해 주는 한마디가 제목이 되기도 한다.

제목을 달 때는 너무 길지 않도록 유의해야 한다. 10자를 넘어서
는 안 된다. 너무 길면 지루해질 뿐만 아니라 너무 많은 정보가 담기
기 때문에 글을 읽지 않는 일이 생길 수 있다. 제목을 10자 이내로 그
리고 부제목을 달아야 한다면 15자를 넘기지 않도록 해야 한다. 사실
보고문이나 연설문 등을 제외하고는 제목 밑에 부제목을 다는 일은
거의 없기 때문에 '제목을 10자 이내로 압축한다'는 생각만 잊지 않
으면 된다.

여기까지 이 글을 읽었다면 글쓰기를 위한 몸풀기는 끝이 났다.
어떻게 주제를 잡고, 어떻게 써 내려가야 할지 큰 그림을 완성한 것
이다. 기본적인 스케치를 완성한 정도라고 생각해 두자.

글은 손으로 쓴 것이 아니라 머리로 쓴다. 무작정 쓰기보다는 글

의 흐름이나 구성을 미리 생각해 두어야 한다. 글을 쓰기 전 구성은 글을 쓰다 보면 바뀌기도 하고 퇴고 과정에서 순서가 바뀌거나 삭제되는 경우도 있다.

하지만 초반에 짜임새를 잘 짜놓아야만 효과적으로 전달하고자 하는 내용을 효과적으로 전달할 수 있다. 독자들은 시간과 에너지를 투자해 글을 읽는다. 그만큼의 값어치를 글쓰는 사람이 만들어줘야 한다.

훈련1, 머리로 글을 쓰는 법

① 쓰려는 글을 통해 하고 싶은 말은 무엇입니까? 한 문장으로 정
   리해 보세요.

② 당신의 글을 어떤 사람이 읽었으면 좋겠습니까? 혹은 어떤 사람
   에게 도움이 될까요?

③ 당신의 글을 쓰기 위해 준비한 재료는 어떤 것이 있나요?

④ 당신이 쓰고자 하는 글을 세 줄의 문장으로 정리해 봅시다.

⑤ 이제 용기를 내서 첫 문장을 써볼까요?

쉬워야 좋다

많은 사람들의 착각이 있다. 이상하게 한자어나 외래어를 사용하면 소위 '있어 보인다'고 생각한다. 이것도 사대주의다. 전문분야에서는 더욱 그렇다. 분명 쉬운 문장으로, 쉬운 글로 설명할 수 있지만 굳이 한문으로 사용하는 경우가 많다. 쉬운 말로 쓰면 가벼워 보인다는 인상을 주는 것 같단다.

또 하나의 착각이 있다. 한 문장을 길게 늘려 쓰는 것을 능력이라한다. 짧게 연결된 글에 대해서는 문장력 없는 사람으로 치부한다. 문제는 이런 착각은 비문을 불러오기 딱 좋다는 것이다. 좋은 글은 일단 쉽다. 쉽다는 것은 사실 예상독자의 배경지식 등을 고려한 글이라고 생각해도 무방하다.

비문은 쉽게 말하면 '문체'에 오류가 있다는 말이다. 문학작품이나 광고 카피라이터 등의 경우 의도적으로 비문을 사용하긴 하지만 사실 이해는 되지만 말이 안 되기 때문에 글을 쓰는 사람으로서는 피해가야 할 실수다.

쉬운 문장에 제일 조건은 말이 되는 글을 써야 한다는 것이다. 계속해서 강조하는 것이 독자가 이해하는 글을 써야 하는데, 사실 글을 쓰는 사람 입장에서는 이미 글이 완성돼 있기 때문에 틀린 문장인지 알 수가 없는 경우가 있다. 오류가 오류인지 모르고 넘어간다. 자세히 보지 않으면 발견되지 않는다. 걱정은 하지 말자. 모든 초고는 악몽라고 했다. 퇴고과정에서 고치면 된다.

어려움과 난감함은 독자의 몫이 된다. 글에 대한 신뢰도를 떨어뜨리고, 독자들로부터 도대체 무슨 말이지? 하는 반응을 일으키기 때문에 문장을 쉽게 쓰는 훈련이 필요하다.

쉬운 글은 문법에 맞는 글에서 나온다. 문법에 맞는 글이 독자에게 익숙하기 때문에 문법에 맞춰주거나 문법에 맞지 않는 형태를 사용했을 경우 친절한 설명을 붙여줘야 한다.

짝꿍 좀 바꿔주세요

가장 흔한 문법의 오류는 짝이 맞지 않는 경우다. '주어'와 '서술어', '주어'와 '목적어' 서술어의 짝이 맞지 않아 문장이 어색해질 수가 있다.

'친구를 잘 만나야 한다'라는 말을 많이 한다. 어떤 친구와 만나느냐에 따라 학창시절의 모습이 변한다. 미래가 변하는 경우도 있다. 그리고 친구를 보면 그들의 친구를 알 수 있다고 하듯이 문장에 쓰이는 품사나 시제 등도 친구를 잘 만나야 비문을 피해갈 수 있다.

물론 타이핑을 하거나 수정하는 상황 속에서 생긴 오류라면 수정하면 끝날 일이지만 반복해서 나오는 오류라면 쓰는 이가 분명히 인식하고 있어야 할 필요가 있다.

내일은 타지에서 고생하는 딸을 아프지 않도록 비타민을 골고루 보내줘야겠어.

타지에서 고생하는 딸의 건강을 염려하는 부모의 마음이 담긴 한 문장이다. 문제는 짝꿍선택을 잘못 선택했다. 고생하는 '딸을'을 '딸이'로 바꿔야 하는데 오류가 생긴 사례다.

내일은 타지에서 고생하는 **딸이** 아프지 않도록 비타민을 골고루 보내줘야겠어.

라고 표현을 하면 자식을 걱정하는 부모의 마음이 따뜻하게 전해진다. 문장을 구성하는 요소들이 적절한 호응을 이뤄야 쉬운 글을 쓸 수 있다.

지금은 비록 정든 이곳을 떠나지만, 그 여자는 **결코** 집으로 돌아올 것이다.

어딘가 이상한 문장이 됐다. 앞의 문장 또한 짝꿍을 잘못 만났기 때문에 생긴 오류다. 앞뒤가 호응이 되지 않기 때문이다. '결코'는 ~가 아니다로 문장이 이어진다. '왜냐하면'은~ 때문이다, '차마'는 ~없다 등으로 짝꿍이 정해져 있음에도 불구하고 이를 잘못 활용한 것이다.

지금은 비록 정든 이곳을 떠나지만, 그 여자는 **반드시** 집으로 돌아올 것이다.

진하게 처리한 부분을 '결코'에서 '반드시'로 바꾸니 한결 문장을 이해하기가 수월해졌다. '결코는 ~아니다'라는 부정어로 사용되기 때문에 이 문장에서는 사용해서는 안 되는 요소가 되어 버린 것이다.

만약에 '돌아오지 않을 것'이라는 의미라면 문장을 해체할 필요가 있다.

그 여자는 결코 집으로 돌아오지 않을 것이다.

라고 표현할 경우 앞부분에 '지금은 비록 정든 이곳을 떠나지만'

부분을 수정해 줘야 한다. ~하지만 이라는 문장 형태를 썼기 때문에 반대의 내용이 들어가게 된 것이다.

더 이상 정든 이곳에는 엄마도, 언니도 없기 때문에 그 여자는 결코 집으로 돌아오지 않을 것이다.

여자가 결코 이곳으로 돌아오지 않을 것이 전제이기 때문에 떠나는 이유에 대해 서술하니 한결 문장이 깔끔해졌다. 단어끼리의 짝꿍도 있지만 문장 사이에도 어떤 연결하는 단어를 사용하느냐에 따라서도 짝을 맞춰야 할 필요가 있다.

글을 쓸 때는 시간에도 짝꿍이 있다. 글을 다듬을 때 신경을 쓴다면 고칠 수 있는 실수다. 하지만 문장이 길어지거나 복잡해질 때 생각보다 많이 범하는 오류다.

나는 어제 친구들과 축구를 하기로 했다.

어제는 과거 시제인데, 축구를 하기로 한 것은 미래 시제다. '나는 내일 친구들과 축구하기로 했다'나 '나는 어제 친구들과 축구를 했었다'로 짝꿍을 맞춰줘야 올바른 문장이 된다.

'누가 이런 실수를 하겠어?'라고 생각할 수도 있지만 여러 가지 문장이 한 문장으로 된 복문의 글을 쓰다 보면 빈번하게 나오는 실수다. 한 문장씩 끊어서 보니 오류가 발견되고 고치기도 쉽지만 한 문장이 길어져 3~4줄 이상 되면 쉽게 범하는 실수다. 퇴고 과정에서 꼼꼼하게 확인해야 할 필요가 있다.

사실 이렇게 한 문장, 한 문장씩 뜯어보게 되면 실수가 금방 보이지만 장황하게 글을 늘어놓는 경우에 비문을 쓰게 될 수 있다. 특히 한 단어로 정리할 수 있는 문장을 길게 늘어 쓰거나 문장 안에 문장을 넣는 형식의 문장형식을 취할 경우 비문이 나오기 쉽다.

쉬운 문장은 올바른 형식을 가진 문장이다. 비문이라는 오류를 피해가기 위해서는 쉽고 간결한 문장으로 글을 쓰는 습관을 기울여야 한다.

말하듯이 쓰라

기본적으로 한글은 말에 기인한다. 세종대왕이 한글을 창제할 때 소리 나는 대로 적도록 했기 때문에 다른 글이나 언어에 비해 말과 글이 가깝다. 입말과 글말이 큰 차이가 없다는 것이다.

인류가 문자를 발명하기 전까지는 입말밖에 없었을 것이다. 이것을 구전이라고 한다. 말로 전해진다는 이야기다. 체계적인 문자시대로 접어들기 전까지는 그림이나 상형문자가 의사소통의 전부였다.

한자와 같은 표의문자다. '입말'과 '글말'이 확연히 다르다. 한글이 만들어지기 전 한자를 썼던 우리도 말과 글이 크게 달랐다.

나라말싸미 듕귁에 달아 문자와를 서로 사맛디 아니할쎄 이런 전
차로 어린백성이 니르고저 할빼이셔도 마참내 제 뜻을 능히 펴지
못할 놈이 하니다…〈훈민정음 서문〉

우리나라 말이 중국과 달라 문자와 말이 서로 맞지 않으니 이런
이유로 어리석은 백성들이 말하고자 하는 바가 있어도 그러지 못하
는 사람이 많다는 뜻이다. 말과 글이 달라 백성들이 뜻을 펴지 못한
다는 세종대왕의 마음이 담겨 있다.

사실 과거의 문자는 보통사람들이 가질 수 없는 것들이었다. 귀
족, 종교 지도자, 재력가, 학자 등 소수만이 글을 배울 수 있었고 그들
만의 특권이 되었다. 보통사람들의 평소 사용하는 입말이 아닌 글말
을 사용하면서 자신만의 세계를 구축해 나갔던 것이다.

조선시대 사대부들은 한글이 만들어지는 것을 찬성했을까? 반대
했을 것이다. 중국을 사대하는 나라에게 또 다른 문자를 만드는 것은
반역이었을 것이고 그들의 권력을 유지하는 방법이었을 것이다. 아
무리 방을 붙인다 해도 읽지 못하기 때문에 권력층에 의해 피해를 입
는 백성들이 많았다.

비단 우리나라만의 예만이 아니다. 중세시대의 책 가격은 천문학
적으로 비쌌다. 양피지 위에 필사를 통해 책을 만들던 당시 3~4백 쪽

의 책 한 권을 만들어 내는데 양 1백 마리 가까이가 사용됐을 것이다.

당시 성경 말씀은 설교를 듣거나 하는 것이 다였을 것이다. 글말이 한정된 소수가 사용하는 문자 언어로 발전하면서 신부들의 설교를 통해 성경말씀이 변질된다고 해도 알 턱이 없는 것이다. 오죽하면 종교개혁이 일어날 수 있었던 이유 중 가장 큰 것을 '인쇄술의 발달'로 꼽을 정도였다. 글은 권력을 유지하기 위한 수단이었다.

안타까운 것은 현대인들도 아직 이같은 생각에서 벗어나지 못한 것 같다. 글의 사대주의다. 인쇄술의 발달로 책은 흔하디 흔해졌다. 또 인터넷의 발달로 글을 접하기는 더 가까워졌으나 여전히 글은 '지식인들의 것'이라는 편견에 사로잡힌 것 같다.

그렇기 때문에 많은 글들이 여전히 읽기 힘든 문어체(글말)로 작성되고 사람들은 어려운 글을 읽으려 하지 않는다. 어려운 글을 많이 접하다 보니 글쓰기에 있어서 지레 겁을 먹는다. 권력이 소수에게 몰렸던 것처럼 글쓰기도 소수에게 쏠리게 되는 현상이 생겼다.

법률용어나 행정용어들도 한글로 순화시켜야 한다고 생각한다. 한자어의 무분별한 사용으로 인해 전문적으로 배우지 못하면 이해하지 못하는 부분들이 많기 때문이다. 실제로 행정용어나 법률용어는 보통사람들이 접근하기 쉽지 않다.

물론 한쪽으로 치우치는 것은 좋지 않다. 논문이나 전문지식이 필요한 글을 말하듯이 써내려 간다면 오히려 독이 되기 때문이다.

복잡한 이야기는 접어두자. 딱딱한 보고서에 쓰이는 문체보다는 부드럽고 친근한 문체를 사용하자는 이야기다. 독자들이 알아들을 수 있는 말로 쓰자는 거다. 전문용어를 마구 쓴다고 해서 그 글이 전문적이지는 않다. 전문적인 내용을 일상어로 표현해 낼 때 독자들에게 더 쉽게 다가갈 수 있다. 말과 글은 연결되어 있다. 소리 내어 읽어보고 어느 부분이 딱딱하게 느껴지는지 생각해 보자.

글쓰기는 문자를 통해 독자에게 이야기를 들려주는 행위다. 스토리텔링이다. 문어체 보다는 구어체가 친근감 있고 쉽게 다가갈 수 있다. 책을 읽어 주듯이 말이다. 앞에서 말했듯이 우리글은 말에서 시작됐기 때문에 말하듯이 글을 쓸 때 훨씬 더 설득력을 갖는다. 그리고 이해력을 높일 수 있다.

우리는 말을 할 때 굳이 어려운 용어를 쓰지 않는다. '보십시오. 여러분'이라고 말하지 않는다. '여기 보세요. 여러분'이라고 말한다. '한편으로는'이라는 단어를 일상에서 말로 사용하지 않는다. '그런데'로 말할 뿐이다. '그런데'조차를 생략하기도 한다. 글에서 쓰는 문장이 있고 말에서 쓰는 문장이 있다는 점을 이해하고 글을 써야 한다.

글을 쓸 때는 말을 할 때 쓰는 단어로, 그리고 그 형식으로 쓰는 것이 중요하다. 쉽게 쓰는 비결이고 쉬운 글을 쓰는 비결이다. 글을 쓸 때 쓰면서 작은 소리로 중얼중얼 읽어보자. 그리고 퇴고할 때도 큰 소리로 읽어보자. 탁하고 막히는 부분, 그 부분에 오류가 있을 가능성이 높다.

전문가처럼 배우되 전문가가 되지 말라

흔히 기사를 작성할 때 중학교 2학년 학생이 읽어서 이해가 되도록 쓰라고 권한다. 그만큼 쉽게 쓰라는 이야기다. 또 다른 말이 있다. 전문가처럼 배우되 전문가처럼 말하지 말라는 것이다. 정리해 보면 쉬운 글의 이야기다. 전문가처럼 취재하고 공부하되 글쓰기에 있어서 전문처럼 쓰지 말고 교사처럼 쓰라는 것입니다.

세상에서 가장 쉬운 글쓰기는 전문가가 전문가를 대상으로 하는 것이다. 전문가들은 이미 오랜 시간 동안 해당 분야에서 해당 용어와 개념을 꿰차고 있기 때문에 간단한 서술만으로도 이해시키기 쉽다.

하지만 대부분의 글은 비전문가들을 대상으로 쓰기 때문에 '교사가 학생들을 가르치듯이' 용어나 개념을 쉽게 설명해야 한다. 어려운 학술용어가 있다면 쉽게 풀어 글을 써야 할 필요가 있다. 때로는 한 단어를 몇 문장으로 설명하기도 해야 한다.

그렇다고 유치원생들을 가르치는 정도는 아니다. 어느 정도 기본 배경지식을 갖고 있는 '중학생' 정도의 수준으로 글을 쓰는 것이 좋다. 그만큼 쉽게 쓰라는 이야기다.

기자생활을 처음 시작할 때 모든 것이 낯설었다. 특히 남북통일 관련한 내용은 막연하게만 이해하고 있던 개념이어서 낯설고 어려웠다. 단어도 이해가 되지 않았다. 인터뷰 때 나온 말들 중에서 이해되지 않는 전문용어가 많았다. 충분히 이해가 되지 못한 상황에서 기사를 작성하다 보니 마감 때마다 퇴짜를 맞기 십상이었다. 딱딱하다. 무슨 말인지 모르겠다.

특히 통일 관련 세미나 등을 다니면서 발표 내용을 기사화하는 일이 많았는데, 전문적인 내용 투성이였다. 써놓고도 이해가 되지 않을 정도로 말이다.

당연히 기사는 어려워졌다. 관련 용어들을 그대로 빌려왔으니 말이다. 기사는 인용만 잔뜩 들어간 기사가 되거나 논문이 됐다.

주위에 중학생이 있으면 한 번 읽혀보라는 선배의 조언에 기사를 평소 알고 지내던 교회 아이들에게 보여줬다. 이해를 못 하겠단다. 설사 이해가 가는 아이도 재미없는 글이라 읽기 싫다고 한다.

이 일이 있고 난 뒤 어려운 용어는 단 한 줄이라도 풀어서 설명한다. 물론 지면에 자리를 조금 더 차지하더라도 독자들이 이해할 수 있는 글을 쓰는 것이 옳은 글쓰기라는 판단에서다. 중학교 2학년 청소년들의 기준에 맞추니 글은 자연적으로 쉬워졌다.

글을 쓰는 행위는 누군가에게 나의 정보, 감정을 전달하는 일이다. 기준은 '글쓰는 사람'이 아니라 '읽는 사람'이 기준이 된다. 전달하고 싶은 내용이 있더라도 때로는 쉽게 풀어서 설명할 필요가 있다.

'엠바고 걸려 있다. 조심해라.'

선배의 말에 어리둥절했다. 선배가 보낸 보도자료를 기사화시키고 있었다. 대략 마무리 짓고 승인을 누르려던 찰나였다. 엠바고를 검색해 봤다. 큰일 날 뻔했다.

엠바고는 언론사에서 사용하는 말로 일정한 시간까지 보도를 금지하거나 유예시키는 것을 의미한다. 보도금지가 걸려 있던 시점에 먼저 기사가 올라갔다면 생각만 해도 끔찍하다. 초보자의 실수다. 잘 몰랐든, 까먹고 있었든 큰 실수가 될 뻔했다. 선배가 '엠바고'가 아니라 "언제 언제까지는 보도하면 안 되니까. 이후에 승인 눌러라"라고 했으면 이해하기 쉬웠을 터다.

글쓰기도 마찬가지다. 전문적 논문이 아니라면 초보자에게 말하듯이 글 쓰는 것이 중요하다. 그래야 독자가 함께 공감할 수 있다. 물론 '엠바고'라는 단어를 사용하면 지면도 아끼고 읽어 나가는 시간도 조금이라도 아낄 수 있다.

하지만 일정한 시간까지 보도를 유예하는 일이라고 설명해서 쓴다면 더욱더 독자들을, 특히 글에 담긴 정보가 낯선 사람들을 위한 글이라고 할 수 있다. 이 정도로 쉽게 풀어쓰는 것이 중요하다.

어떤 의미에서 글쓰기는 학생들을 가르치는 교사의 모습과도 닮았다. 교사는 교사 나름대로의 방법과 교구, 노하우를 가지고 교과서에 있는 내용들을 가르친다. 누군가는 교과서 그대로 읽는 데서 끝내는 반면에 누군가는 학생들이 이해하도록 예를 들기도 하고 그림이나 노래를 활용하기도 한다.

좋은 교사는 학생들을 더 잘 이해시키고 학생들이 그 과목을 즐거

위하도록 하는 존재다. 흥미를 갖도록 하는 존재다. 그래야 다양한 경험을 시킬 수 있다.

글을 쓰는 사람도 마찬가지다. 글쓰기의 목표는 독자들의 즐거움이 되어야 한다. 글쓰기를 통해 정보를 쉽게 가공해 독자들에게 제공해야 한다. 독자들이 글과 더 가까워지도록 하는 존재다.

진짜 전문가는 자신의 분야를 누구에게든 설명할 수 있는 사람이다. 왜냐하면 그만큼 자신에 분야에 능통하다는 이야기 때문이다. 전문가를 찾아가 인터뷰를 했는데 전문적인 용어를 나열한다고 해서 뛰어난 전문가라고 할 수 없다.

그것을 어떻게 재가공해 누구든지 설득할 수 있느냐가 중요한 것이다. 그런 의미에서 우리는 전문가처럼 공부해야 한다. 하지만 전문가처럼 쓰지 말아야 한다.

중간제목이 주는 유익

글을 쓰다보면 장문의 글을 써야 할 때가 있다. A4용지 1매를 기준으로 글을 작성하면 신문에서 오피니언 한 꼭지를 채울 수 있다. 사실 긴 분량이라고도 할 수 없지만 이 1매 내에서도 주제가 여러 번 바뀌는 경우가 있다.

분량이 긴 글이라면 더욱 그렇다. A4용지로 3~4매가 넘어가기 시작하면서 동해바다에서 시작해서 서해바다로 끝나는 이야기가 되기도 한다. 깊은 비문의 바다에서 허우적거리고 있을 뿐이다.

또한 부담감도 생긴다. 글쓴이가 부담을 느끼면 좋은 글을 쓸 수 없다. 부담감에서 벗어나는 방법을 익힐 필요가 있다.

사실 한 주제를 가지고 장문의 글을 쓴다는 건 쉬운 일이 아니다. 아무리 많은 소재를 갖고 있다고 해도 말이다. 이때 중요한 것이 '한 줄 정리'다. 글쓰기 위한 소재들을 나열하고 내용을 한 줄로 정리해 두는 것이다. 글 중간중간에 중간제목을 달아두는 것과도 같은 개념이다. 6월 호국보훈의 달에 맞춘 글을 쓴다고 가정해 보자.

① 호국보훈의 달이 갖는 의미
② 6·25전쟁의 일화
③ 6·25전쟁 속에서 피어난 군종 제도
④ 생존하고 있는 6·25참전 군종장교의 이야기
⑤ 후배 군종장교들의 인터뷰
⑥ 잊지 말아야 할 우리 시대의 교훈

실제로 호국보훈의 달에 나오는 신문에 기사를 쓰기 위해서 잡아두었던 중간 제목이다. 분량은 A4용지 3매였다. 전체적인 맥락이 결정됐으면 중간제목에 맞도록 한 단락씩 글을 써 나간다. 상황에 따라 최종 글에 중간제목이 달릴 수도 있겠지만 중간제목이 없는 통으로 기사가 들어갈 수도 있다.

　이렇게 중간제목을 달거나 에피소드들을 한 문장으로 정리해 두면 글의 전체적인 흐름을 확인할 수 있기 때문에 좋다. 차후에 에피소드를 다 작성한 후 긴장감이 떨어지거나 전달 효과가 낮아지는 경우가 있는데 한 줄로 정리한 부분들을 통째로 움직이며 구성을 바꿀 수 있다는 장점이 있다.

　① 호국보훈의 달이 갖는 의미

　② 6·25전쟁의 일화

　③ 6·25전쟁 속에서 피어난 군종 제도

　④ 후배 군종장교들의 인터뷰

　⑤ 생존하고 있는 6·25참전 군종장교의 이야기

　⑥ 잊지 말아야 할 우리 시대의 교훈

　한줄 정리를 통해 ④, ⑤를 쉽게 바꿀 수 있었다. 만약 한 줄 정리가 되어 있지 않다면 한참 글을 읽고 통째로 수정하는 과정에서 머리깨나 굴려야 하는 일이 되어 버린다.

　구성뿐만 아니라 글쓰기의 부담을 줄일 수도 있다. 그리고 글쓰기를 간편화시킬 수 있다. 먼저 구성을 하고 한 줄로 정리를 해뒀기 때문에 구성을 머리에 두지 않고 한 줄 정리한 내용을 중심으로 한 문단만 구성해 주면 된다. 간단하게 말해서 쓰고자 하는 내용에 집중할 수 있다는 이야기다. 큰 주제에서 벗어나지 않으면서도 작은 주제에 집중에서 글을 쓸 수 있는 방법이다.

여러 이야기가 한 글에 복잡하게 나올 경우에 한 줄로 정리해 두는 일 하나만으로도 꽤 많은 효과를 얻을 수 있다.

어떤 작가들은 글을 구성하는 단계부터 이 방법을 사용하기도 한다. 한 문장으로 정리된 내용 하나, 하나를 한 개의 카드로 보고 카드들의 이야기를 바꿔가면서 이야기를 구성하기도 한다.

훈련2, 문장 갖고 놀기

① 준비가 되었다면 글을 쓰고 싶은 주제를 생각해 봅니다. 그리고
주제를 한 문장으로 압축해 봅시다.

주제 도우미

• 인생 중 언제가 가장 후회되는가? 당신이 과거로 돌아갈 수 있다면 그
때로 돌아가 어떤 일을 하고 싶은가?

• 키우던 반려동물이 당신을 향해 무언가를 말한다. 무엇이라고 말했을까?

- 오늘 마주친 사람의 이야기를 상상해 보자. 그가 왜 그런 행동을 하고 있었을지 상상해 보자.

- 도서 '어린왕자'를 읽고 그 뒷이야기를 상상해 보자.

- 나의 하루를 팔려고 한다. 어떻게 팔겠는가? 물건을 사도록 고객을 설득해 보라.

- 당신은 마지막 잎새의 주인공이다. 죽어가는 나무에게 살아야 할 이유를 설명하라.

- 처음 보는 사람에게 사랑에 빠졌다. 연애편지를 써보자.

② 주제를 한 문장으로 압축했다면 주제를 제목으로 삼아 본격적으로 글을 써봅시다. (기준 A4 용지 2매)

③ 글을 다 썼다면 제목을 바꿔 봅시다.

④ 제목을 바꾸어 달았다면 쓴 글을 압축해 봅니다. (기준 A4 용지 1매)

⑤ 다 썼다면 A4용지 한 매로 줄인 내용을 중심으로 시나 노래 가사를 적어 봅시다.

⑥ 시나 노래 가사의 한 문장을 선택해 또 다른 주제의 글을 써 봅니다.

문장이 글쓰기의 전부다

우리가 쓰는 글의 기본 단위는 '문장'이다. 최소 단위를 '단어'라고 생각할 수 있겠지만 문장으로 묶이지 않은 단어는 아무 의미를 갖지 못한다. 미국 최고의 문학이론가인 스탠리 피시는 그의 저서《문장의 일-지적 글쓰기는 시작하는 사람들》에서 '문장이란 논리관계의 구조'라고 정의했다. 관계를 갖지 못하고 홀로 존재하는 단어는 그저 단어에 불과하고 특정범주에 속하는 품사일 뿐이라는 것이다.

글을 쓴다는 것은 문장을 만드는 일이고 문장을 만드는 일은 마치 연애와 같다. 남녀가 자신의 짝을 찾아 데이트하듯 단어와 단어를 만나게 해주는 일이기 때문이다. 조합을 맞추다 보면 딱 어울리는 단어들이 있다. 선남선녀처럼 말이다.

우리는 어떤 문법을 잘 알면 문장 혹은 글을 잘 쓸 수 있을 거라는 착각에 빠진다. 명사가 어떠하고 동사가 어떠하고를 암기한다면 말이다. 하지만 글을 써보면 품사의 역할을 외우고 있다고 해서 문장이 만들어지지 않는다는 사실을 금방 깨닫는다. 글쓰기는 문법훈련이 아니다. 문장훈련이다.

국어에 관심이 없거나 글쓰기에 자신이 없는 학생들에게 주제를 설정해 준 후 문장을 늘리고 줄이는 훈련을 주 1회씩 3~4주만 시켜봐도 곧잘 글을 써낸다. 우리가 글쓰기를 어려워하고 힘들어하는 이유는 훈련이 되어 있지 않기 때문이다. 문장훈련은 글쓰기의 기초를 다지는 일이다.

많은 훈련 방법이 있겠지만 문장훈련을 위해서는 한 작가의 글을 다독하는 것도 좋은 방법이다. 좋은 작가의 글을 반복해서 읽고 글을 쓰다 보면 어느새 작가의 말투, 단어 배열 같은 습관들이 내 속에 밴다.

대학에서 문학을 배울 때 윤동주와 안도현 시인의 시가 좋아 반복해서 읽었던 적이 있다. 물론 과제를 위한 시쓰기였지만 초반시들은 그들의 표현과 비유가 닮아 있었다. 그리고 청출어람이라고 하지 않던가. 물론 내 시가 그들의 시보다 좋았다는 얘기는 아니다.

더 좋은 명문장이라고는 못하겠지만 표현 방법들이 융합되고 재해석되면서 자신만의 특유의 표현과 비유가 생성되는 것을 발견했다.

문장도 마찬가지다. 계속해서 기성 작가들의 글을 읽고 따라 쓰다 보면 우리 뇌 속에서 그것들이 융합되어 전혀 다른 표현 방법이 만들어진다. 가끔 어떻게 이런 표현이 나왔지? 하면서 놀랄 때가 있다.

또한 나라면 이 문장을 어떻게 썼을까 하는 생각으로 기성 작가들의 글을 해체하고 분석해봐도 좋다. 그 속에서 또 새로운 길이 발견되니까 말이다.

지금 글을 읽고 있는 순간 해야 할 것은 지금 주위를 살펴보는 것이다. 나는 지금 사무실에 앉아 있고 내 옆에는 두 개의 모니터와 무선마우스와 키보드, 그리고 읽고 분석해야 할 자료들이 산더미처럼 쌓여 있다. 그리고 나는 자판을 두드리며 이 글을 쓰고 있다. 단어로 정리해 보자. '사무실', '모니터', '무선마우스', '자료', '자판', '글', '쓰다'

이 상황을 한 문장으로 정리해 본다. 나는 '나는 글을 쓰고 있다'로 정의했다. 다음에 해야 할 일은 앞에서 정리한 단어들을 가지고 문장을 써보자. 물론 앞에서 썼던 단어들을 추가해도 상관없다.

'나는 지금 읽고 분석해야 하는 자료들이 쌓여 있는 사무실 책상에 앉아 일 하기 싫음을 온 몸으로 표현하며 글쓰기를 돕기 위한 글을 쓰고 있다'고 정리해 봤다. 완벽하게 아름다운 문장이라고 할 수는 없지만 '나는 글을 쓰고 있다'는 정의에서 좀 더 확장해 글을 써 봤다.

그리고 내가 지금 쓰고 있는 글을 한마디로 정리해 보자면 '알려주고 싶은 나만의 노하우'라고 정리해 볼 수도 있다.

주어와 서술어로만 엮인 문장을 한 문장으로 길게 늘려보고 다시

줄여보는 훈련이다. 글을 쓰면서 문장을 이런 식으로 배열을 해보면 문장의 리듬이 살아나고 '사족'을 제거할 수 있다. 밋밋했던 글에 생동감이 생긴다.

나는 주로 보고 싶은 책은 구입한다. 여전히 읽지 못한 책들이 책장에 잔뜩 꽂혀 있지만 한 달에 한 번 나를 위한 선물로 책을 구입한다. 책을 구입해서 보는 이유는 마음껏 태그를 붙이고 형광펜으로 줄을 그을 수 있기 때문이다. 그리고 메모를 자유롭게 할 수 있기 때문이다.

기억하고 싶은 문장이나 문단에 줄을 긋고 태그로 표시를 해두면 나중에 쉽게 찾아 인용할 수 있다는 장점이 있다. 그리고 주로 모르는 생소한 단어나 의미를 확실히 모르는 단어는 펜으로 사전적 정의와 예시를 표시한다.

그리고 왜 이 문장에 굳이 이 단어를 썼는지 더 명확한 단어는 없었는지 찾아보기도 한다. 그리고 펜으로 메모한다.

문장을 만들기 위해서는 많은 단어를 알고, 뜻을 이해하고 있는 것이 중요하다. 단어를 많이 아는 것이 절대적이라고 할 수는 없지만 더 생동감 넘치는 표현을 위해서는 절대적이다.

글을 쓸 때 한 가지 룰을 정해보자. 절대 한 문단 안에서 같은 서술어를 쓰지 말 것. 어떤 연예인의 기자회견에 대한 글을 쓴다고 가정해 보자. '말했다'. '역설했다'. '주장했다'. '설명했다', 논했다, 선언했다. 등으로 계속 바꿔보자는 이야기다. '말했다'와 비슷한 의미를 갖고 있는 단어들이지만 구체적으로 확인해 보면 차이가 있다.

일단 말했다의 원형인 '말하다'의 뜻은 '생각이나 느낌 따위를 말로 나타내다'라는 뜻을 갖고 있다. 주장했다의 원형인 주장하다는 '자기의 의견이나 주의를 굳게 내세우다'는 뜻을 가지고 있다. 논하다의 뜻은 '의견이나 이론을 조리 있게 말하다'이다.

이처럼 입으로 생각을 내 뱉는 행위라는 공통점이 있지만 단어별로 어감이나 느낌, 강도 등이 다르다. 비슷한 뜻의 단어를 다양하게, 정확하게 사용할 수 있다면 전하고자 하는 의미를 정확하게 전달할 수 있다. 비슷해 보여도 강약이 다르고 명확히 의미하는 바가 다르다. 하고자 하는 말의 뉘앙스를 더 잘 살릴 수 있다는 얘기다.

기자로서 첫 출근하던 날이 아직도 생생하게 기억난다. 선배는 내게 인터넷을 찾든 사전을 찾든 서술어에 포함되는 단어 100가지를 프린트해 책상에 붙여 놓도록 했다. 기사를 쓰다가 막히거나 표현이 애매하면 보라는 뜻이었다. 지금도 그 단어들은 자주 쓰는 단어가 됐다. 순간 번뜩이는 단어 하나는 무의미한 글에 생동감을 부여한다. 그것이 문장의 힘이다.

앞서 말했듯 문장은 글을 쓰는 기초 단위다. 몇 단어를 가지고도 수많은 조합을 만들어 낸다. 그것들에 정확한 의미를 부여해 생각을 효율적으로 전달하는 행위가 글쓰기다. 분명한 것은 글쓰기는 타고나는 재능이 아니라 훈련에 의해 만들어지는 기술이라고 할 수 있다. 특히 좋은 문장을 쓰는 일이 더욱 그렇다. 좋은 문장을 쓰고 있다면 이미 좋은 글을 쓰고 있는 사람이다.

사랑하면 닮아요 – 재창조의 비밀

사랑하면 닮는다는 말이 있다. '문장'에 대한 이야기에서 뜬금없이 '사랑' 이야기야라는 의문이 들 수도 있다. 다른 말로 해보겠다. '완전한 창조란 없다' 사랑과 창조가 무슨 연관 있겠나 싶겠지만 분명히 깊은 연관이 있다. 이 두 단어는 좋은 문장을 위해 꼭 필요한 전제다.

'완전한 창조란 없다'라는 말은 대학시절 소설을 가르치던 노 교수가 한 말이다. 모티브에 대해 설명하던 중에 나온 이야기였다. 교수의 이야기를 듣는 순간, 한편으로는 마음의 짐을 내려놓을 수 있었다. 창조에 대한 부담이 없어졌기 때문이다.

글쓰기는 창조의 행위다. 하얀 백지 위에 이야기를 만들어 내는 창조의 행위다. 글을 이루는 최소의 단위인 문장도 마찬가지다. 문장 하나, 하나를 창조해 전체 글을 창조해낸다. 하지만 '창조'라고 하니 어깨가 무겁고 부담스럽다. 글쓰기를 어렵게 생각하는 이유다.

완전한 창조는 없다는 말에 공감한다. 글을 쓰는 문체도, 소재도 어딘가에서 영향을 받아서 지금의 형태를 갖추고 있기 때문이다. 어딘가에서 본 글이나 이야기가 무의식중에 감춰져 있다가 활발한 뇌

활동을 통해 재창조돼 나온다는 이야기다.

좋은 문장을 쓰기 위해서는 좋은 선생님을 만나야 한다. 좋은 선생님은 글쓴이가 좋아하는 문장을 쓰는 작가다. 작가들은 자신들의 문체를 갖고 있다. 일부러 바꾸지 않는 한은 문체를 보면 대략적으로 어떤 작가의 글인지 알 수 있다.

대학시절 교수들은 학생들의 문체를 대략 알고 있었다. 친구 하나가 선배의 글을 조금씩만 바꿔서 냈는데 금세 알아차릴 정도였다. 사람들 자신만의 특유의 문체를 갖고 있다. 그것은 훈련이나 습작 과정에서 생겨난다.

비단 작가들뿐만 아니라 글을 쓰는 사람이라면 자신만의 문체를 갖고 있다. 어떤 습관적인 단어 사용, 서술하는 방법, 구성 방법 등 글에는 글쓴이의 특징이 나타난다. 그 사람의 성격까지도 나타나는 것만 같아 재밌기도 하다.

학창시절 윤동주, 안도현 시인을 동경했다. 특히 안도현 시인의 대상을 보는 따뜻한 시선이 좋았다. 그런 그들의 시가 좋았다. 그리고 따뜻한 해석이 좋았다. 그들의 시를 탐닉했고 점점 닮아간다.

〈나무신발〉

1.
찬 바닥에 낙하하는

낙엽이 안쓰러워

그래도 얼지 않은 땅에 누우라고

나무는 가을바람에 실어 보냅니다.

2.

겨우내 차가운 땅을 딛고

서 있어야 할 나무가 안쓰러워

낙엽은 멀리 가지 않고

제 자리에 떨어져

겨우내 시린 발에

자신의 몸을 뉘어 따뜻하게 덮어 줍니다.

3.

가을낙엽을 주우려다

나는 손을 놓고

메말라 가는 고목의 발을 조용히 쓰다듬습니다.

〈가을놀이터〉

시멘트 나무 숲 속에 오래된 놀이터가 있습니다.

발자국 소리마저 먼지로 덮인 곳에,

그네가 홀로 왔다 갔다

놀고 있는 것을 보았습니다

그리고 그곳에

바람이

앉아 쉬어 가는 것을 보았습니다.

바람이 앉고 간 자리에서

꺼이꺼이

목 놓아 우는 그네 하나를 보았습니다

대학시절 써놓았던 시다. 시라고 하기도 부끄럽지만 졸업 작품을 발표할 때 받았던 평가는 '세상을 따뜻하게 바라보는 시선과 그에 대한 해석이 좋다'는 것이었다. 나는 그들의 시 해석이 좋았고, 따뜻함이 느껴지는 문체가 좋았다. 좋아하면 닮는다. 그리고 그들의 것이 재해석 되고 재창조된다. 완벽한 창조는 없다. 마음을 편히 갖자.

기사를 쓸 때도 마찬가지다. 기자생활 초기에는 조선일보, 중앙일보, 동아일보 등 메이저 언론의 신문 기사를 따라 썼다. 표현이나 서술어, 연결해 가는 방법을 배웠다. 그들이 내 선생님이었다.

여기에 방송기자들의 기사 형식을 빌려왔다. 신문기사와 방송기사는 비슷한 듯 달랐다. 방송기사가 조금 더 부드러운 느낌이었다. 두

개를 합치다 보니 전혀 다른 문체로 기사를 쓸 수 있었다. 그 어디에 도 없는 나만의 문체 말이다.

한 선배는 '~한단다'라는 표현을 가끔 사용했다. 마무리 문장 하나로 분위기가 환기된다. SBS 〈세상에 이런 일이〉를 보다가 한 번 써본 내용이다. ~했다, ~따라갔다, ~이었다를 반복하다가 '~했단다'로 마무리 짓는다. 딱딱하기만 했던 글의 분위기가 부드러워짐을 느꼈다. 특히 청소년들의 학교생활 관련한 기사를 쓸 때 유용했다. 따라 쓰다 보니 어느새 자연스럽게 기사에 녹아든다.

문장훈련은 '모방'에서 시작된다. '벤치마킹'이라고 한다. 벤치마킹은 상대 기업의 장점에 자신만의 색깔과 장점을 입혀 새로운 것을 만들어 내는 일이다. 다른 이의 글에서 장점에 개인의 특유의 색깔을 입히는 것이다.

① 좋아하는 작가의 책 5권을 꼽기(문장이 좋다고 생각하는 책)
② 반복해서 읽기
③ 좋은 문장 필사하기
④ 작가의 문장 형식을 내 글에 적용해보기

위의 네 가지 단계 정도가 따라 쓰기의 과정이라고 볼 수 있다. 책을 읽을 때 여러 단계로 반복해 읽는 이유가 있다. 첫 번째 독서 때는 전체적인 내용을 파악한다. 두 번째 독서 때는 작가의 생각이나 글의 구조, 어휘 위주로 독서한다. 세 번째는 문장의 구조라든지, 자주 사용하는 단어를 표기해 두자. 점점 폭이 작아진다. 전부에서 일부, 일부에서 부분을 보는 것이다.

이런 과정을 반복하다 보면 어느새 작가를 닮은 듯하지만 개인의 특성이 녹아든 멋진 문장이 완성된다.

한 일간지 기사에서 차인태 교수의 초보 아나운서 시절의 이야기를 본 적이 있다. 차인태 교수는 한국 아나운서들의 전설이다. 그는 선배들의 방송테이프를 필사하며 밤을 낮처럼 보냈다고 한다. 노트를 사서 테이프에서 나오는 소리를 전부 받아 적고 똑같이 따라했다고 한다.

'모방은 창조의 어머니'라는 말은 대중적이 되어 버렸다. 이제는 식상할 정도다. 그러나 결코 무작정 따라하는 이야기가 아니다. 분명한 재창조가 있어야 한다. '청출어람'이 있어야 한다는 것이다. 자신만의 색깔로 혼합되어야 한다. 그 과정을 위해서는 끊임없는 반복이 필요하다.

그리고 글을 편식해서는 안 된다. 처음에는 좋아하는 작가에서 시작하되 다양한 작가들의 글을 모방해 보면서 자신만의 색깔을 만들어 내야 한다. 다양한 작가들이 선생님이 되어야 한다.

반항 또한 문장훈련의 한 가지 방법이 될 수 있다. 기존 작가들의 생각이나 문체에 반항하는 글을 써보는 행위다. 아리스토텔레스와 플라톤의 이야기가 있다. 아리스토텔레스는 플라톤의 제자였지만 아리스토텔레스를 '어미의 배를 발로 차는 배은망덕한 망아지'로 비유하기도 했다.

플라톤의 문하에 있으면서도 아리스토텔레스는 충돌했다. 스승의 이데아 사상 자체를 거부한 것은 아니지만 사물의 관계를 둘러싼 논점에서 벌어졌다. 결론은 아리스토텔레스는 특유의 사상을 만들어 냈다.

글쓰기도 마찬가지다. 스승에게 반항함으로써 또 위대한 철학이 나오는 것처럼 스승에게 반항함으로써 전혀 새로운 색깔의 글쓰기가 나오기도 한다.

작가의 생각이나 문체를 의도적으로 비틀어보자. 내용도 비틀어보자. 저것은 아닌데 하는 생각을 구체적으로 글로 반박해 보자. 기존과는 전혀 새로운 글이 발견될 것이다.

어설픈 시인은 흉내 내지만 노련한 시인은 훔친다. 형편없는 시인은 훔쳐 온 것들을 훼손하지만 훌륭한 시인을 그것들로 훨씬 더 멋진 작품을, 적어도 전혀 다른 작품을 만들어 낸다. T. S 엘리엇의 말이다. 모방한 것도 모를 만큼 완전한 문장을 쓰는 것이 목표다.

글쓰기의 9할은 첫 문장

하얀 백지, 커서만 깜빡, 깜빡, 벌써 10분째다.

글쓰기 과정에서 흔히 겪는 일이다. 글을 쓰고자 마음을 먹었지만 어떻게 시작해야 할지 모르는 우리 대부분의 모습이다. 막막하다. 특히 마감이 걸린 일이라면 더욱 그렇다.

글쓰기를 하다 보면 첫 문장이 풀리면 글 전체가 쉽게 풀리는 경험을 한다. 일단 첫 문장을 썼다면 자신감이 붙는다. 글쓰기의 9할은 첫 문장이라고 할 수 있다. 모든 글은 대개 첫 문장이 모든 것을 이끌어 간다.

쉬운 첫 문장 쓰기는 신문기사를 쓰는 법을 알면 어렵지 않게 익힐 수 있다. 신문기사에서 첫 문장으로 리드라고 한다. 기사의 논조를 리드한다는 뜻이다. 대부분의 리드는 기사를 요약한 내용이 들어간다. 첫 문장만 읽어도 대략적으로 '아! 이런 일이 있었구나' 하도록 쓰기 때문이다. 리드만 보고도 독자는 기사를 읽을지 결정한다. 리드가 글쓰기의 9할인 이유다.

리드를 쓰는 전통적인 방식은 육하원칙에 의해 작성하는 것이다. 누가, 언제, 어디서, 무엇을, 어떻게, 왜 라는 형식에 맞춰서 리드를 쓰다보면 기사내용이 한 눈에 들어온다. 독자로 하여금 글을 쉽게 이해할 수 있도록 돕는다.

물론 최근에는 트렌드에 의해 육하원칙이 무너지는 경우도 많다. 굳이 육하원칙으로 시작하지 않더라도 중요한 문장이나 주요한 사건의 개요를 먼저 얘기하는 경우다.

정부는 00월 00일 기자회견을 갖고 코로나19로 인해 소비가 위축되지 않고 국민들의 가계의 도움을 주기 위해 00월 00일부터 00일까지 전국민에게 재난지원금을 전달한다고 밝혔다.

육하원칙에 의해 쓰여진 기사 리드다. 최근에는 다른 방법으로 리드를 쓰기도 한다.

국민들에게 재난지원금이 지급된다. 정부에 따르면 00월 00일부터 코로나19로 인해 소비가 위축되는 것을 막고 국민들의 가계의 도움을 주기 위해 전 국민을 대상으로 재난지원금을 전달한다.

군이 '기자회견을 통해', '00일' 등이 리드에 들어가지 않아도 주요한 내용인 '재난지원금을 지급한다'는 내용이 전달되기 때문에 뒤의 문장으로 넘기거나 의도적으로 삭제한 경우다. 원리는 하나다 첫 문장을 흥미롭게 쓴다.

언제, 어디서, 누가는 주요한 요건이다. 정확히 누가, 언제, 어디서 이야기했는지 밝혀야 신빙성이 있기 때문이다. 하지만 삭제하거나 뒤로 미룬다고 해도 전체적인 맥락에는 변화가 없다. 어차피 전 국민들에게 재난지원금이 전달된다는 내용은 같다. 어느 부분을 중요하게 생각하느냐에 따라서다.

후자의 리드문은 독자들이 첫 문장 '국민들에게 재난지원금이 지급된다'라는 주제문장만 보더라도 기사의 내용을 대략적으로 알 수 있다. 그 이후의 신청일, 기준 금액 등을 추가로 설명하면 된다. 재난지원금에 관심이 있다면 끝나지 읽어 나갈 것이고, 관심이 없으면 다음 기사로 넘어갈 것이기 때문이다. 선택은 독자가 한다.

기사쓰기는 두괄식에 가깝다. 주요부분을 앞에다 두면 두괄식, 뒤에다 두면 미괄식이라고 부른다. 앞뒤에 집중되는 내용을 다뤘다면 두미상관이라고 부른다. 글쓰기 초기 단계에는 두괄식으로 써 내려가는 것이 보다 효과적이다. 어느 정도 훈련이 된 후에 다양한 방식으로 글을 써보는 것을 추천한다.

첫 문장을 요약문장으로 시작할 경우 글에 대한 전체적인 방향을 밝혀 놓음으로써 독자로 하여금 설명서를 제공하는 역할을 한다. 또한 글쓴이도 요약문을 중심으로 구체적인 사례나 정보를 추가함으로써 보다 논리적으로 글을 써 내려 갈 수 있다. 쉽게 말해 길을 잃지 않는다. 독자와 필자 모두 말이다. 무엇을 왜 쓰려고 하는지에 대해 혼란을 주지 않는다.

주제와 관련된 속담이나 격언, 명언 등으로 시작하는 것도 좋다. 혹은 주제가 되는 단어에 대한 사전적 의미를 풀어주는 방식으로 첫 문장을 쓰기도 한다.

"00월 00일부터 전 국민에게 재난지원금이 지급됩니다."

정부 관계자의 말을 앞에 배치함으로써 주제를 드러내는 일이다. '00월 00일 누가 한 말이다'라는 식으로 출처를 밝혀주면서 시작하는 경우다.

가는 날이 장날이라더니 갑자기 소나기가 내린다.
까마귀 날자 배 떨어지는 격이었다. 하필이면 그 날 그곳에서 사건이 일어나다니.
설상가상이다. 오늘 하루를 표현하기에 이보다 더 좋은 말이 있을까?

사자성어나 속담으로 글을 시작한 경우다. 앞에서 다뤘던 모방과 창조에 대한 글을 다시 쓴다고 할 때 맨 뒤에 배치해 두었던 '어설픈 시인은 흉내 내지만 노련한 시인은 훔친다'는 말을 먼저 내밀었다면 어떨까? 같은 주제이지만 또 다른 느낌으로 시작해 볼 수 있다.

위와 같은 형식은 칼럼을 쓸 때 많이 사용되기도 하는데, 직접적으로 주제를 드러내지 않으면서도 은근히 하고자 하는 말을 알려줄 수 있어서 좋은 기법이다. 독자들은 앞에 배치한 문구만 보고서라도 대략적인 내용을 파악하게 된다.

여름장이란 애시당초에 글러서 해는 아직 중천에 있건만 장판 은 벌써 쓸쓸하고 더운 햇발이 벌려 놓은 전시장 등줄기를 훅훅

볶는다. 마을 사람들은 거의 돌아간 뒤요, 팔리지 못한 나무꾼 패가 길거리에서 궁싯거리고들 있었으나, 석유 병이나 고깃마 리나 사면 족할 것이...

이효석의 메밀꽃 필 무렵의 첫 문장이다. 글의 첫 문장으로 상황이나 환경을 묘사하는 것도 괜찮은 방법이다. 글의 분위기나 글쓴이 혹은 등장인물의 감정을 묘사해도 좋다. 주제가 본격적으로 드러나지는 않지만 분위기를 묘사해 글의 전체적인 분위기를 독자들에게 알리기도 한다. 특히 독자들로 하여금 글에 빠져 들어갈 수 있도록 하는 효과도 톡톡히 볼 수 있는 방법이다. 독자들로 하여금 머릿속에 그림을 상상하게 유도하기 때문이다.

ㄱ. 그날은 갑자기 소나기가 내렸다. 모두들 예상하지 못했는지 손으로 비를 막으며 뛰기 바빴다. 나와 그녀는 마침 우산을 사 들고 나오던 차였다. 두 개의 우산을 샀지만 한 개만 폈다. 우리 는 서로의 심장소리가 들릴 만큼 가까워졌다. 가까워진 거리만 큼이나 마음도 가까워졌다.

아내와의 두 번째 만남, 아내와의 연애 첫날의 실화다. 갑작스러운 소나기는 갑작스럽게 찾아온 사랑을, 그로 인해 사랑이 깊어질 것임을 나타내 보았다.

ㄴ. 지난 주 소개팅 후 그녀와의 두 번째 만남이다. 나는 오늘 그녀에게 고백을 할 것이다. 그날은 비가 내렸고 우리는 한 우산을 썼다.

같은 이야기지만 어딘지 딱딱하고 달콤한 느낌이 들지 않는다. 첫 문장에 묘사를 함으로써 얻는 효과는 독자로 하여금 글에 대해 공감할 수 있는 기회를 더 많이 제공할 수 있다는 것이다. 사랑이야기를 ㄱ과 같이 표현함으로써 둘의 사랑이 로맨틱하게 흘러가, '행복하게 잘 살았답니다'처럼 해피엔딩으로 끝날 것을 암시한다.

ㄱ의 표현을 보면서 독자들은 드라마나 영화 속에서 본 한 장면을 상상하기도 할 것이다. 독자의 머릿속에서는 거센 소나기가 아니라 둘을 가깝게 연결해주는 따뜻한 비로 상상된다.

이뿐만 아니라 '질문'이나 '경험'으로 첫 문장을 시작해도 좋은 출발을 만들 수 있다. 첫 문장은 첫 이미지다. 많은 첫 문장을 수집하고 연습해야 한다. 첫 문장에서 승부는 갈린다.

한 문장에 한 개념만

문장은 마침표로 끝난다. 마침표가 찍히는 순간 한 문장이 끝난다. 신문기사에서 기사를 쓸 때 한 단락을 A4용지 기준 5줄을 넘기지 않도록 한다. 신문은 단이 나눠져 있기 때문에 20줄 가까이 늘어나기 때문이다.

한 단락도 문제지만 한 문장을 5~6줄로 쓰는 경우도 많다. 물론 이해야 되겠지만 나중에 가면 '도대체 무슨 말을 하고 싶은 거야?'라는 말을 듣기 마련이다. 꼼꼼하게 읽어보면 중언부언이다.

주제도 흐려지고 집중도도 떨어진다. 독자는 읽기 싫어진다. 이 글을 쓴 작가는 한 가지를 놓쳤다. 한 문장에는 한 개념만 넣는 것이 좋다.

> 지난 한국전쟁 중에 군종목사 제도가 창설되어 70주년을 맞는 이 시점에 한국교회 군선교사역은 세계 최고의 결실을 맺는 청년전도 사역으로 육, 해, 공군 그리고 해병대 내 1천여 동의 진중예배당이 건축되고 매년 약15만 명의 청년생명을 복음으로 살려서 진중세례의 결실을 맺으며, 국내 종교인수 기독교인이 1위라는 소중한 결실을 맺었으며 특별히 지난 2018년 12월 22일 봉헌한 육군훈련소 새 예배당 건축은 기적의 역사라고 표현을 해도 과하지 않을 것입니다.

실제로 사용된 서신문 중의 일부를 발췌했다. 물론 나중에 많은 수정을 거쳤던 초안이다. 문장이 A4용지 기준으로 약 6줄에 가깝다. 이 문장을 보면서 부끄러움이 생겼다. 물론 직접 작성하지 않았기에

할 말은 없었지만 나라면 이렇게 쓰지 않았을 것 같다. 큰 주제는 '군선교를 통한 하나님의 역사'다. 미안하다. 기독교인이 아니라면 그저 한 가지 텍스트로 봐주길 바란다.

① 올해는 한국전쟁 70주년이 맞는 해다.

② 한국교회의 군종목사제도는 한국전쟁 중에 창설되어 지금까지 군선교의 중심이 되고 있다.

③ 육, 해, 공군, 해병대 내에 1,000여 동의 군인교회가 건축되었고 이 군인교회들을 통해 매년 약 15만 명의 청년생명을 복음으로 살려내고 있다.

④ 한국교회 군선교는 청년전도 사역이며 세계에서도 이같은 결실을 찾아볼 수 없다.

⑤ 복음이 전파됨에 따라 진중세례(침례)로 결실을 맺었고 통계청은 기독교가 2015년 국내 종교인수 1위가 되었다고 밝힌 바 있다.

⑥ 특별히 지난 2018년 12월 22일 봉헌한 육군훈련소 새 예배당 건축은 기적의 역사라고 표현을 해도 과하지 않을 것이다.

6개. 더 세부적으로 나누면 약 10개의 내용으로 되어 있는 글이 한 문장으로 작성됐다. 이해하기가 힘들다. 물론 중간 중간에 쉼표가 있지만 숨막히는 듯한 느낌이 든다. 처음 보는 사람이라면 읽는 것 자체가 부담스러울 것 같다.

　많은 사람들이 글쓰기에 있어 실수하는 부분이다. 많은 이야기를 한 번에 하고자 욕심을 부리기 때문이다. 물론 공문의 경우 한 문장으로 작성하기도 한다.

　긴 내용을 한 문장으로 작성하는 일은 프로 작가도 힘들어 하는 일이다. 공문의 긴 내용을 한 문장으로 작성하는 직원이 있다면 절대 그만두지 못하도록 해야 한다. 그야말로 능력자이기　문이다.

　하지만 한편으로는 공문일지라도 긴 내용을 한 문장에 짚어 넣는 것은 반대다. 끊어서 쓸 수 있으면 끊어서 쓰는 것이 낫다. 독자가 보는 글이기 때문이다. 글을 쓰는 사람은 독자가 볼 수 있도록 배려해야 한다. 심지어 긴 글을 분석해 보면 한 문장에 여러 내용이 들어가기도 한다. 앞의 예처럼 말이다.

올해는 한국전쟁 70주년이 맞는 해이다. 한국교회 군선교의 시작점이 된 군종제도가 한국전쟁 때 창설됐기 때문에 더욱 의미가 깊다. 이후 군선교는 한국교회의 청년사역으로 발전했다. 세계에서도 이같은 결실을 찾아보기 힘들다.

육, 해, 공군, 해병대 군선교현장에는 한국교회 성도들의 사랑으로 지어진 1004군인교회가 세워졌고 특별히 지난 2017년도에는 육군훈련소 새 예배당이 건축됐다. 군인교회를 통해 젊은 청년들이 복음을 듣고 복음을 받아들인다. 그리고 이 청년들은 믿음의 고백으로 진중세례(침례)를 받는다. 그 수가 매년 평균 15만 명에 이른다.

군선교의 열매는 2016년도 통계청이 발표한 국내 종교인수가 방증해 준다. 2005~2015년 사이 기독교인수가 증가 1위를 차지 했기 때문이다. 군선교는 어떻게 보면 기적이라고 할 수 있다.

어떤 비유나 과장 없이 있는 그대로를 무미건조하게 작성했다. 그래도 앞에서 발췌했던 예보다는 읽기 수월하다. 그리고 글쓴이가 무엇을 말하려고 하는지 명확하게 드러난다.

글을 쓸 때 한 문장에는 한 개념만 넣는 것이 중요하다. 물론 어느 정도 실력을 갖춘 작가라면 여러 개념을 넣어도 이해가 되도록 글을 작성하는 경우가 있다. 프로작가들의 세계가 그렇다는 것이다. 우리는 보통사람이다.

기본적으로 문장은 단문의 형식을 갖추는 것이 좋다. 단문이란 짧은 글이 아니라 한 문장 안에 주어와 서술어가 하나만 있는 문장이다. 단문으로 글을 쓸 경우 읽을 때 속도감이 느껴지고 끊어 읽을 수 있어서 이해하기가 쉽다.

리듬에 맞춰 춤을 춰라

음악에 장단이 있듯이 글에도 장단이 있다. 전통음악의 박자, 빠르기, 리듬의 주기 등에 따라 달라지는 리듬의 형태를 가리킨다. 쉽게 말해 리듬이라고 생각하자.

리듬이 없는 글은 무미건조하다. 읽는 사람으로 하여금 재미를 느끼지 못하게 한다. 리듬이 없는 글을 읽다 보면 책을 덮어버리고 싶은 마음이 간절해진다. 머리가 지끈지끈해 온다. 글쓴이는 '참 딱딱한 사람이겠구나' 하는 생각을 하다 보면 어느새 글을 덮고 다시는 그 글을 보지 않는다. 무미건조한 글을 읽는 일은 여간 고된 일이 아니다.

리듬이 없는 글은 무미건조하다. 읽는 사람으로 하여금 재미를 느끼지 못하게 한다. 리듬이 없는 글은 읽다가 덮어버리고 싶어진다. 글쓴이도 참 딱딱한 사람이겠구나 생각을 한다. 어느새 책을 덮고 있다. 무미건조한 글을 읽는 일은 여간 고된 일이 아니다.

앞선 문장과 차이점이 있다. 다소 긴 문장의 길이를 줄였다. 빠르게 읽혀 나가는 것 같지만 딱딱하고 무미건조하다. 감정이나 리듬이 없다. 단문-단문-단문-단문으로만 연결해 놓았기 때문이다. 쫓기는 기분에 휩싸인다.

단문을 반복하면 무의미한 글이 된다. 딱딱한 보고 형식이다. 신문의 스트레이트 기사를 읽는 기분이다. 스트레이트 기사는 참으로 건조하다. ~~했다, ~~했다, ~~때문이었다 등으로 끝나는 단문의 연속이다. 스트레이트 기사의 모습이 그렇다는 것이다. 스트레이트 기사는 어떤 사건에 대해 무미건조하게 사실만을 나열한다. 아주 쉬운 단문으로 말이다. 그래야 빠르게 정보를 제공하기 때문이다.

그렇다면 어쩌란 말인가? 앞에서는 단문으로 쓰라고 했다가. 뒤에서는 단문이 무미건조한 글, 재미없는 글이 된다고 하니 도대체 어쩌라는 것인가 하는 생각이 들 수도 있다.

리듬은 음의 길이로 만들어진다. 그리고 강약중간약의 박자도 있다. 또 강약약 중간약약으로 하면 또 다른 음악이 나온다. 리듬과 박자를 어떻게 변화시키냐에 따라 분위기가 바뀐다. 긴장과 이완을 반복하면서 노래는 생동감과 생명력을 갖는다.

글에도 리듬이 있다. 그 리듬은 단문과 장문(복문)으로 만든다. 단문과 장문으로 설명하는 이유는 길이 면에서나 뜻 면에서나 두 개로 구분할 수 있기 때문이다. 단문과 장문을 적절히 구사하면서 글의 긴장감을 만들어 낼 수 있다.

단문의 경우 대체적으로 짧고 빠르다. 읽는 이는 속도감을 느낄 수 있다. 그리고 간단하고 무미건조하다. 장문의 경우 대체적으로 길고 느리다. 호흡이 느리다 보니 속도감이 떨어진다. 하지만 감성적인 글을 작성할 때 좋다.

단문→단문→장문→단문

혹은 단문→장문→단문 혹은 단문→단문→장문 등…….

단문과 장문을 섞어서 쓰게 되면 긴장감을 줄뿐더러 글의 단조로움을 피할 수 있다. 필자의 경우 대체적으로 단문→단문→장문→단문의 형태로 글을 쓰는 경우가 많다. 신문기사의 특성상 단문으로 글을 쓰게 되는 경우가 있는데 단조로움을 피하기 위해 이 같은 방법이 익숙해졌다.

대체로 첫 단문에서는 문단의 내용을 요약하거나 글의 결론을 내놓는다. 이후 두 번째 단문에서 간단한 소개나 목적, 추가적인 설명을 밝혀 둔다. 세 번째 나오는 장문에는 여러 가지 근거나 풀이 등으로 채우고 마지막 단문에서 결정을 낸다. 다시 앞에 내용을 반복해도 좋다.

그것은 나에게 주는 벌이었다. 그녀를 울게 했으니 벌 받아 마땅하다고 생각했다. 지난 밤 그녀는 나에게 대한 실망감을 감추지 않고 그동안에 내가 했던 행동들에 대해 꼬치꼬치 캐묻다 그만 울음을 터트려 버렸다. 나는 그녀와 이별하려고 한다.

흔한 이별의 현장이다. 앞서 말했던 방식에 따라 작성된 글이다. 첫 문장에서는 '그것은 다른 것이 아닌 나에게 주는 벌'이라고 정의

한다. 그리고 두 번째 문장에서는 그녀를 울게 했기 때문에 벌을 받는 것이라는 힌트를 제공한다. 세 번째 문장에서는 그녀가 울었던 이유를 긴 문장으로 설명함으로써 독자들에게 쉬어갈 공간을 제공한다. 그리고 긴장감을 준다.

마지막 한마디. 나는 그녀와 이별하려고 한다로 글을 마친다. 만약에 마지막 문장을 장문으로 선택했다면 어떻게 될까?

그것은 나에게 주는 벌이었다. 그녀를 울게 했으니 벌 받아 마땅하다고 생각했다. 지난 밤 그녀는 나에게 대한 실망감을 감추지 않고 그동안에 내가 했던 행동들에 대해 꼬치꼬치 캐묻다 그만 울음을 터트려 버렸다. 나는 그녀에게 전화를 걸어 우리는 오늘부로 이별이며 그녀에게 다시는 전화하지 않을 것이고 전화번호를 지워버릴 것이다.

마무리에 구구절절 설명한다면 글에서 나타내고자 하는 내용이 온전히 드러나지 않는다. 앞서 만들어 놓은 긴장감이 무너지며 독자들은 김이 빠져 버릴 수밖에 없다.

단어를 반복함으로써 리듬감을 살리기도 한다. 예를 들면 CM송이나 가요를 들 수 있다. 후크송이라고도 한다. 후크송은 청자를 사로잡는 짤막한 음악 구절을 뜻하는 용어다. 특히 짧은 구절을 계속 반복함으로서 청자들의 귀를 사로잡는다. 결국 그 리듬에 청자들은 빠져든다.

　오죽하면 수능 금지곡이라고도 한다. 계속 특유의 리듬이 머릿속에 남기 때문이다. 글에서도 이런 부분들을 강조해도 좋다.

손이 가요 손이가 OO깡에 손이가~

주시후레쉬 후레쉬민트 스피아민트 오 OO껌

텔미, 텔미 테테테텔미

Ring Ding Dong Ring Ding Dong

Ring Diggi Ding Diggi Ding Ding Ding

Ring Ding Dong Ring Ding Dong

Ring Diggi Ding Diggi Ding Ding Ding

　같은 단어와 리듬을 반복함으로써 감정적 호소의 효과를 높이는 기법이다. 성경에서 내가 진실로, 진실로라는 단어가 많이 나오게 되는데 한 부분을 강조하고 주목시키기 위해 사용됐다. 글에는 어떻게 사용될까?

멀고도 먼 조국

산에는 꽃이 피네 꽃이 펴

봄이 왔네 봄이 와

단어를 반복적으로 사용함으로써 문장의 리듬을 살리고 독자로 하여금 집중하도록 효과를 낼 수 있다.

문장의 앞과 뒤를 바꾸는 것도 리듬을 살릴 수 있는 방법이다.

글을 쓰다보면 자신만의 리듬이 생긴다. 자신만의 리듬이 생겨날 때까지 글을 이리저리 바꿔보자. 브라질의 삼바리듬도 좋다. 한국의 휘모리장단도 좋다. 자신만의 특유의 리듬이 생긴다면 글쓰기가 한결 편해진다. 그리고 읽는 사람들도 리듬에 맞춰 춤추듯이 글을 읽게 되므로 글에 빠져서 읽게 된다.

그러다 보면 독자는 필자의 특유의 리듬에 빠져든다.

생동감의 비법 - 서술어

초보 기자시절 책상 앞에는 동사로 가득 채운 종이가 붙어 있었다. 출근 첫날 선배에게 받은 첫 번째 과제였다. 모든 것을 동원해서 동사를 찾을 것. 동사와 그 뜻을 정리, 인쇄해서 눈에 잘 보이는 곳에 붙여 놓을 것.

좋은 문장은 생동감 있는 문장이다. 생동감 있는 글은 독자로 하여금 집중해서 읽게 하는 효과를 내기도 한다. 생동감은 어떤 단어를 사용하느냐에 따라 결정된다. 비슷한 단어를 사용하더라도 어떤 단어를 활용하느냐에 따라 분위기가 다르다.

선배가 첫날 동사를 공부하라는 과제를 던진 이유도 같은 맥락이었던 것 같다. 다양한 동사를 책상 앞에 적어놓고 활용하다 보면 자연스럽게 표현이 풍부해진다.

우리말은 비슷해 보이지만 뜯어보면 엄연히 다른 단어들이 있다. 이 표현들을 자유자재로 사용한다면 이미 생동감 있는 글을 쓰고 있다고 해도 과언이 아니다. 다양한 동사와 서술어는 다양한 색깔의 물감을 갖고 있는 것과 마찬가지다.

우리가 동사 혹은 서술어를 다양하게 공부해야 하는 이유다.

000은 "이번 사건과는 전혀 무관하다"고 말했다.
000은 "이번 사건과는 전혀 무관하다"고 주장했다.
000은 "이번 사건과는 전혀 무관하다"고 역설했다.
000은 "이번 사건과는 전혀 무관하다"고 설명했다.
000은 "이번 사건과는 전혀 무관하다"고 설득했다.

위의 예시에 사용된 '말했다', '주장했다', '역설했다', '설명했다', '설득했다'는 입을 통해 누군가에게 뜻한 바를 전한다는 '말하다'와 비슷하다. 하지만 구체적인 쓰임이 같지는 않다 .

말하다 : 생각이나 느낌 따위를 말로 나타내다. 혹은 어떠한 사실을 알려주다

주장하다 : 자기의 의견이나 주의를 굳게 내세우다

역설하다 : 어떤 주의나 주장에 반대되는 이론을 펼치거나 말을 하다

설명하다 : 어떤 일이나 대상의 내용을 상대편이 잘 알 수 있도록 밝혀 말하다.

설득하다 : 상대편이 이쪽편의 이야기를 따르도록 여러 가지로 깨우쳐 말하다

앞서 예로 들었던 동사에 대한 사전적 의미다. 입을 통해 누군가에게 뜻한 바를 전한다는 공통점은 있지만 하나하나 살펴보면 분위기나 뉘앙스가 전혀 다르다는 것을 발견할 수 있다.

예를 들면 '말하다'를 사용할 자리에 '주장하다'를 사용한다면 조금 더 강한 어조로 말하는 느낌을 줄 수 있다. 또 그 자리에 '역설하다'를 사용한다면 완전 반대되는 의견을 이야기하고 있다는 점을 부각 시킬 수 있다. 살짝 화가 난 듯한 장면도 상상해 볼 수 있다.

이렇게 다양한 동사와 서술어를 알고 있다는 것을 색깔을 노란색, 파란색, 빨간색을 샛노란색, 새파란색, 새빨간색으로 표현할 수 있는 것과 마찬가지다. 말하고 싶은 것을 더 생동감 있데 전달할 수 있게 된다는 의미다.

글을 쓰면서 똑같은 서술어를 반복하지 않도록 하는 일이 훈련

이 될 수 있다. 기사를 작성하면서 가장 난감한 상황을 꼽으라면 '누가 "0000"라고 말했다'는 형식이 이어질 때다. 세미나 등의 내용을 기사화할 때나 큰 행사를 스케치하는 기사를 쓸 때 사용하게 되는 방법이다.

특히 종교나 기관 행사에서는 격려사와 축사, 설교에 축도가 연이어지는 경우가 있다. 사실 대부분이다. 이런 경우 기사를 목적이나 취지에 맞춰도 분량이 많이 부족해진다. 그때 '000이 말했다' 형식을 이어가게 되는데 이때 더 풍부한 표현을 할 수 없다면 당장에 읽다가 덮어버리는 글이 되어 버린다.

글을 쓸 때 최대한 정확하고 구체적인 표현을 하도록 힘써야 한다. '말했다'라고 표현해도 되지만 굳이 주장했다라는 말을 쓰는 이유는 그 단어가 하고자 하는 말과 더 잘 어울리기 때문이다.

① 동사 및 서술어 100단어 책상 앞에 붙여두기
② 단어들의 정확한 뜻 찾아보기
③ 단어들을 비슷한 의미끼리 묶어두기
④ 글 안에서 반복 사용되지 않도록 구체적으로 표현하기

정확한 단어는 문장을 풍성하게 한다. 풍성한 문장은 글을 생동감 넘치게 한다. 글을 쓰는 사람들이 계속해서 단어를 익히고 공부해야 하는 이유다. 지금 당장 사전을 찾아 서술어를 찾자. 책상에 써 붙이자.

그만 좀 찍어줘, 쉼표

어, 음… 그러니까. 제가 지금 당신에게 하려는 말은… 그러니까, 처음 본 날부터, 그대를, 사랑하고, 있었,다는 것이에요.

한 남자가 있다. 한 남자가 한 여자 앞에서 사랑의 고백을 하려고 하고 있다. 문제는 남자가 말을 심각하게 더듬고 있다는 것이다. 심지어 무슨 말인지도 모를 만큼.

글쓰기는 전하고자 하는 내용을 효과적으로 전하는 행위다. 그렇기 때문에 문장의 리듬을 살려 글을 쓴다. 앞으로 돌아가 보자. 말줄임표와 쉼표를 살려 글을 읽어보자.

어,

음…

그러니까.

제가 지금 당신에게 하려는 말은…

그러니까,

처음 본 날부터,

그대를,

사랑하고,

있었,

다는 것이에요.

독자는 반사적으로 쉼표가 찍혀 있는 부분을 쉬어 간다. 그렇기 때문에 쉼표다. 쉼표는 문장이 복잡해졌을 때 문장 사이의 공간을 둠으로써 내용을 쉽게 이해시키도록 사용한다. 쉼표의 장점은 쉬어 간다는 데 있다. 하지만 단점도 쉬어간다는 데 있다. 무분별하게 사용하면 글의 리듬감을 살리지 못하게 된다.

그런데, 문제는 나에게 있었다. 내가 몰랐을 뿐.

군이 그런데 뒤에 '쉼표'가 필요할까. 물론 그런데 다음에 강조하기 위해서 사용을 했다면 어느 정도 이해해줄 만한다. 쉼표를 찍으므로 통해서 '다음에 무슨 말이 나올까'하는 기대감과 긴장감을 갖는다. 〈그것이 알고 싶다〉에서 진행자가 '그런데 말입니다'하고 쉬어가는 것과 마찬가지다.

그런데 군이 긴장감을 유도하지 않아도 되는 부분에서 쉼표를 찍는 실수를 많이 저지른다. 군이 쓰지 않아도 되는 부분에서 말이다.

① 같은 자격의 어구가 열거 될 때
예) 축구, 야구, 배구는 대표적인 구기종목이다.

② 짝을 지어 구별할 필요가 있을 때
예) 호랑이와 사자, 표범과 치타는 포유동물이다.

③ 바로 다음의 말을 꾸미지 않을 때

예) 슬픈 사연을 간직한, 너의 눈->슬픈 사연이 눈을 꾸민다.

④ 대등하거나 종속적인 절이 이어질 때

예) 비가 오니, 경치가 더욱 아름답다

⑤ 부르는 말이나 대답하는 말 뒤

예) 예, 지금 갑니다

⑥ 앞뒤가 바뀐 문장

예) 어서오십시오, 손님

⑦ 가벼운 감탄사

예) 아, 잊었네요. 죄송합니다.

⑧ 문맥상 끊어야 할 곳에 쓴다.

⑧ 천 단위 숫자

대략 쉼표를 찍는 부분을 열거해 보면 위와 같다. 자연스럽게 사용해 법칙이 익숙하지 않지만 글을 쓰면서 익혀 두는 것도 좋다.

쉼표를 활용해 문장의 리듬을 살릴 수 있다면 쉼표는 글쓴이에게 또 하나의 도구가 된다. 예를 들면 축구, 야구 그리고 배구는 대표적인 구기종목이다. 읽는 사람으로 하여금 쉼표를 빼고 그리고를 사용함으로써 글의 리듬감을 살렸다.

쉼표는 적절히 사용하면 글을 구분 짓거나, 글의 내용을 분리하거나, 글의 리듬감을 살릴 수 있다. 쉼표를 남발하는 당신의 글에 쉼표를 남발하지 말자.

만약 한 문장 안에 여러 내용이 담겨 쉼표로 구분해야 한다면 차라리 마침표를 찍어 문장의 리듬을 살리자. 차라리 그 방법이 더욱 효율적이고 독자 중심의 글을 쓸 수 있다.

캐릭터는 살아있다

소설이나 극 대본 등에서 스토리를 살리는 것은 캐릭터라고 할 수 있다. 얼마나 캐릭터의 감정묘사를 뛰어나게 하냐에 따라서 작품의 질이 달라진다. 움직임 한가지로 등장인물의 감정과 상황 그리고 앞으로 풀어나가야 할 문제들까지도 제시한다. 작품에 등장인물에 대한 묘사가 없다면 앙꼬 없는 찐빵처럼 무미건조해진다.

실전 글쓰기에서도 마찬가지다. 글쓰기의 대부분은 사람과 삶에 대한 이야기다. 그리고 감정에 대한 내용이다. 물론 물건 리뷰 등의 인물이 직접적이지 않게 드러나는 글들도 있지만 결국은 사람이 대상이다. 사람을 연구하고 그들의 감정, 표정, 행동 등에 대해 연구하고 정리해 둘 필요가 여기에 있다.

글쓰기는 어찌 보면 사람을 연구하는 일인 것 같기도 하다.

ㄱ. 최종 면접을 앞둔 그는 매우 불안했다.

ㄴ. 최종 면접을 앞둔 그의 다리는 수도 없이 떨렸다. 그리고 끝

임없이 입술을 깨물었다. 초침가는 소리가 계속 신경을 거스른
다. 예상 질문들을 수없이 되새겼다. 머리가 백지장 같았다.

상투적이지만 이해를 돕기 위해 예시를 들어봤다. 떠는 다리, 입
술을 깨무는 행동은 대부분 '불안'을 나타내는 요소다. '불안했다'라
고 단순표기하기 보다 그의 행동이나 말투, 반응 등을 표현해 줌으로
써 살아있는 캐릭터를 만들 수 있다.

글은 눈으로 읽는다. 하지만 읽는 글의 이미지가 형상화된다. 캐
릭터의 모습이 상상되기도 하고 처한 상황이 상상된다. 이 이미지가
상상되는 순간 독자는 글에 빠져 들게 된다. 난해한 글이 어려운 이
유는 쉽게 이미지가 형상화되지 않기 때문이다.

글쓴이는 독자들이 글에 더 집중할 수 있도록 인물을 묘사할 필요
가 있다. 공감대를 형성할 수 있도록 말이다.

하지만 보편적이지 않은 특이한 움직임이 이해되지 않는 모습으
로 묘사하는 것은 피해야 한다. 물론 글 속에서 인물이 그런 특별한
행위를 하는 이유를 설명하거나 설득시킬 수 있다면 이야기가 달라
진다.

인물묘사에서는 설명하지 않는 것이 중요하다. 설명으로는 작품
의 분위기과 감정을 전달할 수가 없다. 분위기나 감정을 잘 설명하기
위해서는 생생한 현장을 묘사하거나 감정을 묘사해야 한다.

적절한 비유와 구체적인 동사는 독자의 머릿속에 이미지를 형상

화시킨다. 째깍째깍 초침이 가는 소리, 백지장이 된 머릿속, 손의 땀 등을 묘사해줌으로써 불안감을 나타내는 것처럼 말이다.

감정을 묘사하면서 주의해야 할 것이 있다. 감정이 넘치면 안 된다. 과유불급이다. 글쓴이가 인물 감정에 지나치게 집중하게 되면 독자들에게 감정을 강요할 수 있다. '내가 슬프니까, 독자들도 슬퍼야 돼' 하는 것처럼 말이다. 글쓴이가 웃고 울지 말고 독자가 웃고 울 수 있도록 해줘야 한다.

한마디로 신파로 만들지 말라는 이야기다. 너무 길게 감정선을 끌고 가지 말라는 이야기다. 감정묘사도 너무 길면 속도감이 떨어지고 오히려 감정선을 망쳐 버릴 수 있다. 적절한 감정묘사가 글의 생동감을 살린다.

또 상투적인 표현은 피해야 한다. 글을 쓰는 것은 계속해서 연구하는 행위다. 새로운 표현을 위해 애써야 한다. 상투적인 표현은 이미 죽은 표현이다.

이 부분이 쉽지 않다. 상투적인지 안되 독자들의 공감을 이끌어내야 하니 말이다. 하지만 한 가지 장치를 해 두면 어렵지 않게 참신한 표현을 묘사할 수 있다.

감정사전을 만들어 두는 것이다. 감정사전은 쉽게 말해 어떤 감정에 대한 인간의 반응을 정리해 둔 것이다.

정답은 없다. 자신이 필요한 만큼 만들어 놓으면 된다. 인피니티 북스에서 나온 《인간의 75가지 감정표현법》을 참고하면 도움이 될

것 같다. 어린이 책, 소설 등을 집필한 작가들이 정리해 놓은 감정사
전이다. 참고로 자신만의 감정사전을 만든다면 더 생동감 넘치는 글
을 쓸 수 있게 될 것 같다.

한 감정에 있어 인간은 '행동변화', 행동반응, 심리반응이 나타난
다. 또한 장기간 지속 됐을 때의 반응, 억압당할 때의 징후 등도 고려
해 볼 수 있다.

불안하다

사전적 뜻 : 마음이 편하지 아니하고 조마조마하다.

정의 : 정신적으로 불안하고 걱정스럽다.

행동변화

얼굴

입술이나 손톱을 깨문다.

멍하니 한 곳에 시선을 둔다.

이를 계속 부딪친다.

호흡을 짧게 여러 번 내쉰다.

무엇인가를 계속 중얼거린다.

물을 자주 마신다.

손, 팔, 발

손가락을 가만히 두지 못하고 두드린다.

손에 든 것을 만지작거린다.

손에 땀을 닦는다.

머리를 만지작거린다.

발로 바닥을 여러 번 두드린다.

다리가 괜히 저리다.

행동반응

목이나 팔을 계속 해서 주무른다.

무언가를 끊임없이 정리한다.

시계나 전화기, 문 등을 계속 쳐다본다.

다리를 끊임없이 떤다.

입술에 계속 침을 바른다.

머리를 계속해서 뒤흔든다.

계속 이리저리 서성거린다.

한 곳에 앉아 있지 못한다.

전화기를 계속 확인한다.

밥맛이 없어진다.

조바심을 낸다.

명치 아래가 더부룩해진다(소화가 안 된다).

호흡이 가빠진다.

가슴이 괜히 두근두근거린다.

자기 자신에게 말을 걸며 응원한다.

심리반응

최악의 상황을 생각한다.

확인하고 또 확인한다.

자책한다.

과거를 생각한다.

시간이 느리게 흘러가는 것만 같다.

불안하게 하는 요소 외에도 다른 여러 가지 생각들이 섞인다.

'불안하다'에 대한 행동변화와 행동반응, 심리반응을 간단하게 정리한 사전이다. 추가적으로 지속되었을 때에 생겨나는 생리학적, 심리학적 질병 등도 정리해 두면 좋다. 질병을 갖고 있다는 것 하나만으로도 등장인물을 묘사할 수 있는 장치가 될 수 있기 때문이다.

감정사전은 지속적으로 업데이트하는 것이 좋다. 매번 새로운 표현을 발견하고 개발해야 하기 때문이다.

이를 위해서는 사람에 대해서 관심을 가져야 한다. 캐릭터는 우선 주변에서 만들 수 있다. 주변의 사람들의 감정과 반응을 살펴보자. 그리고 지나가면서 마주치는 사람들의 반응을 분석해 보자. 쓰고자 하는 글의 캐릭터가 그곳에 있다.

같은 상황에서의 다른 반응이 발견되기도 한다. 같은 모습을 한 사람도 발견된다. 모두 캐릭터 사전이 된다.

오감만족의 비밀

생동감이 없는 문장은 죽은 문장이다. 생동감은 문장의 생명력이다. 글쓴이는 독자들의 오감을 자극하는 문장을 써야 한다. 앞서 캐릭터의 감정을 독자들이 느끼게 하는 것처럼 글 속의 오감을 독자들도 느낄 수 있도록 묘사하기 위해 노력해야 한다.

오감은 시각, 청각, 후각, 미각, 촉각 등의 5가지 감각으로 인간이 느끼는 감각이다. 시각으로 받아들이는 텍스트를 시각, 청각, 후각, 미각, 촉각 등으로 느낄 수 있도록 문장을 작성하는 것이 중요하다.

이를 위해서는 문장 안에서 다른 문장성분을 꾸며주는 단어를 많이 알고 있을수록 유리하다. 물론 스티븐 킹은 《유혹하는 글쓰기》에서 좋은 글을 쓰기 위해서는 부사를 자제해야 한다고 언급하기도 했다. '매우'나 '너무' 같은 부사의 경우 구체적인 진술이나 묘사를 할 수 없을 때 어물쩍 넘어가기 위한 수단으로 사용될 수 있기 때문이다.

신혼여행은 어땠어요?
너무 좋았어요.

이 대화만 보면 신혼여행이 얼마나 좋았는지 알 수가 없다. 물어본 사람도 민망한 상황에 놓일 수 있다. 그러니까 '무엇이 좋았냐고?' 따지고 묻고 싶다. 무엇이 너무 좋았는지 말이다. 차라리 사진을 보여 달라고 말하고 싶다.

'너무나' 매우 같은 부사를 사용하게 되면 독자들이 신혼여행이 얼마나 좋았니? 물어봤는데 글쓴이가 '너무 좋았어'라고 대답하는 꼴이 된다. 무엇을 어쩌라는 이야기인가?

신혼여행지에서의 풍경은 어땠는지, 음식은 어떤 맛이었는지 등 분위기를 구체적으로 표현해야 듣는 사람들로 하여금 이미지를 그리도록 할 수 있다. 마치 사진을 보여 주듯이 말이다.

부사를 남용하게 되면 포장만 화려한 문장이 될 수 있다. 사실 부사를 남용하는 일은 작가의 욕심이 심각하게 들어갔을 때다. 포장하고 포장하고 또 포장해 놓은 물건을 열었는데 안에 별 거 없는 물건이 있는 것과 마찬가지다. 문장에 이것, 저것 수식어를 붙여 포장하려는 욕심이 들어가 버리면 속 빈 강정 같은 문장이 될 수밖에 없다.

강원국 작가는 '정도부사'와 '접속부사'는 쓰지 않는 것이 좋다고 조언한다. 매우, 잘, 대단히 등을 정도부사로 볼 수 있고 그러나, 그리고 등을 접속부사로 볼 수 있는데 글의 군더더기가 될 공산이 크기 때문에 피하라는 조언이다.

그렇다고 꾸미는 단어가 필요 없는 것은 아니다. 아이러니하게 부사는 글에 생명력을 부여하기도 한다. 의성어나 의태어 같은 상징부사는 글을 생생하게 만든다. 의성어는 사람이나 사물의 소리를 흉내낸 말이다. 멍멍, 땡땡, 우당탕 등이다. 의태어는 사람의 사물의 모양이나 움직임을 흉내 낸 말이다. 아장아장, 엉금엉금, 까슬까슬, 미끌미끌 등이 있다.

글의 적절한 곳에 상징부사를 넣게 되면 생동감을 배가시킬 수 있다. 인간의 뇌는 이 단어를 보는 순간 경험했던 느낌을 기억해 내기 때문이다. '까칠했다'라는 단어보다 '까슬까슬'이라는 단어를 볼 때 까칠하거나 빳빳한 느낌을 생생하게 불러일으키는 역할을 한다.

문장에 상징부사를 집어넣어 작성해 보는 훈련을 해보자. 나뭇잎을 표현할 때 어떻게 표현하겠는가? 까슬까슬이란 부사에 -한을 붙여 형용사를 만든다. 사실 어려운 문법 문제는 이 책에서 다루지 않는 것으로 방향을 잡았기 때문에 이 설명은 사족이다.

까슬까슬한 나뭇잎이라는 표현을 하면 거친 나뭇잎이 머릿속에 떠오르게 된다. 왠지 독자는 손에 만져지는 것만 같다. 물론 경험을 해본 독자라면 말이다. 매끄럽고 반드러워 자꾸 밀리어 나가는 모양을 뜻하는 매끈매끈을 사용해 보면 매끈한 나뭇잎이라는 표현을 하게 된다. 아침 이슬을 맞은 부드러운 나뭇잎을 상상하는 장치가 된다.

그의 모습을 보자 피부의 모든 털이 섰다.
그의 모습을 보자 피부의 모든 털이 삐죽삐죽 섰다.

'삐죽삐죽'이라는 단어는 여럿이 다 끝이 조금 길게 내밀려 있는 모양이라는 뜻이다. 얼마나 놀랐으면 피부의 모든 털이 섰을까? 하는 생각을 들게 한다. 경험이 있다면 그때 경험이 오감을 통해 살아난다. 조금 과장된 모습이 취해지기도 하지만 인물의 감정과 상황을 느낄 수 있는 글이 됐다.

최종 면접에서 떨어졌다는 연락을 받은 민수는 집으로 걸어 갔다.
최종 면접에서 떨어졌다는 연락을 받은 민수는 터덜터덜 집으로 걸어갔다.

'지치거나 느른하여 무거운 발걸음으로 계속 힘없이 걷는 소리'란 뜻의 터덜터덜 이라는 단어를 추가시킴으로써 민수의 실망감을 극적으로 나타낼 수 있다. 한 문장에서 민수의 감정, 집으로 걸어가고 있는 풍경 등까지도 상상하고 유추할 수 있게 된다. 해가 지고 있고 사람들은 바삐 움직인다. 이 정도도 상상하게 된다. 민수의 허탈함을 배가하는 요소가 떠오른다.

나는 배달된 음식을 1분 만에 먹었다.
나는 배달된 음식을 1분 만에 우걱우걱 먹었다.

음식 따위를 입 안에 가득 넣으면서 자꾸 거칠고 급하게 먹는 모양이라는 뜻을 가진 우걱우걱이라는 단어를 사용함으로써 인물이 배가 많이 고팠다는 상황 묘사와 함께 음식을 우걱우걱 먹는 인물의 성격까지 간접적으로 드러낼 수 있었다.

한 단어의 차이가 글의 생동감의 차이로 발생한다. 한 단어를 넣고 빼고에 따라 글의 분위기가 달라진다. 그리고 감정이나 분위기를 전달하는 효과의 크기가 달라진다.

최종 면접에서 떨어졌다는 연락을 받는 민수는 느릿느릿 집으로 걸어갔다.

'터덜터덜'을 '느릿느릿'으로 바꿨다. 느리게 걷는다는 의미는 같지만 풍겨오는 이미지는 조금 다르다. 억지로 해석해 본다면 '집에서 기대하며 기다리시는 어머니가 생각나 느릿느릿하게 걸어갔다'거나 '취업 파티를 준비하고 있는 친구들이 있어서 민망한 마음에 느릿하게 걷는다'거나 하는 등으로 추가 서술할 수 있겠지만 사실 조금 어색한 면도 있다.

또 음식을 급하게 먹는 것을 우걱우걱이 아닌 단정하게, 천천히 먹었다는 표현을 쓴다면 전혀 다른 글이 될뿐더러 문법에도 맞지 않는다.

잘 사용한 의성어나 의태어는 때로는 말로 설명하는 것보다 더 큰 효과를 낸다. 필요한 것은 관찰하고 그 감각을 표현해 보는 것이다.

아무리 좋은 단어라도 쓰지 않으면 혹은 쓰지 못하면 좋은 문장이 될 수 없다.

과장하라 비유하라 그리고 시를 쓰라

과장법은 강조법 중의 하나다. 주로 사실을 부풀려 더 선명한 인상을 주기 위해 사용된다. 과장법을 사전대로 풀어 보면 사물을 실상보다 지나치게 과도하게 혹은 작게 표현함으로써 문장의 효과를 높이는 수사법이다. 과장은 사기가 아니다.

과장법은 의도하지 않아도 일상생활 속에서 많이 활용한다. 비단 글쓰기뿐만이 아니다.

어제 실수로 머리를 부딪쳤는데 너무 아팠다.

무엇인가 밋밋하다.

어제 실수로 머리를 부딪쳤는데 세상이 도는 것 같았다.
어제 실수로 머리를 부딪쳤는데 죽는지 알았어.

물론 머리를 부딪치면 죽을 수도 있겠지만 실상은 죽을 만큼 아프지는 않았을 것이다. 또 실제로 세상이 빙빙 돌지도 않았을 것이다. 다만 표현을 과장함으로써 아픔이 극대화되어 전달된다. 다른 사람들은 얼굴을 찡그리며 공감한다.

하지만 과장법을 사용할 때는 주의해야 할 부분이 있다. 특히 설명하거나 주장하는 글에서는 주의해서 사용해야 한다.

대표적인 예로는 과장광고를 들 수 있다. 최근에는 SNS 등이 활성화 되면서 과장광고나 허위광고가 무분별하게 사용되고 있다. '먹기만 해도 살이 빠져요', '운동 안 해도 살 빼는 비법' 등의 문구를 통해 이용자들을 유혹하고 수익을 얻는다.

또 건강기능식품이 아닌 일반 콜라겐을 피부보습과 탄력효과가 있는 것처럼 광고를 하는 경우도 있다. 인체에 문제가 생길 수도 있는 일이기 때문에 과장광고를 규제하고 있다. 이 밖에도 다양한 과장광고는 소비자들을 현혹하고 피해는 고스란히 소비자가 받는다.

글쓰기에서도 마찬가지다. 설명하는 글이나 주장하는 글의 중요한 것은 '팩트'다. 사실이 중요하다. 정확한 정보가 필요하다.

주장하는 글에서 과장을 했다고 생각해 보자. 예를 들어 선거를 위한 공약집을 만든다고 치자. 사실을 부풀리거나 과장하게 되면 신뢰도를 잃게 된다. 또 선거에서 당선됐더라도 관련해 당선이 취소될 수도 있다.

선거 토론회에서 사용할 원고를 작성할 때 사실을 부풀린다면, 혹은 있는 사실을 은폐 축소한다면 그 글은 오히려 부메랑이 될 수도 있다.

과장법이 분명히 글을 생동감 있게 쓸 수 있는 소재이긴 하다. 하지만 설명문이라 논설문 등에서는 과장보다는 사실을 표현하는 것이 중요하다. 마음껏 과장하자. 그렇지만 때와 장소는 가리자.

산더미 같은 파도가 밀려왔다.

천년을 하루 같이 살았다.

하늘을 두루마리 삼고 바다를 먹물 삼아도(찬송가)

배가 남산만하다.

간이 콩알만 해졌다.

쥐꼬리만한 월급

더 줄래야 손톱만치도 없다.

과장법의 대표적인 예시다. 앞의 네 개는 과장했고 뒤에 세 줄은 축소했다. 둘 다 과장법이라고 할 수 있는데 공통점이 있다는 사실을 발견했는가. 과장법이 올바르게 사용되기 위해서는 '비유'되어야 효과적이라는 것이다.

과장법을 자유자재로 활용하기 위해서는 시를 많이 봐두는 것도 좋은 방법이다. 시에는 비유가 가득하기 때문이다. 시의 비유를 어느 정도 안다면 과장하는 것도 어렵지 않다.

비유에는 크게 두 가지만 생각해보자. 직유법과 은유법이다. 직유법은 '~인 것처럼', ' ~같이' 쉽게 'A는 B다'라는 형식을 갖는다.

예를 들면 '꽃처럼 예쁜 나의 아내'를 들 수 있다. 태평양 같은 가슴을 가진 멋진 남편도 괜찮은 직유다.

은유법은 'A는 B다'라는 개념의 비유법이다. 사전에서는 원관념과 보조관념을 동일시하여 대상을 설명하거나 묘사하는 표현법이라고 정의하고 있다. 여기서 중요한 단어는 '동일시'다. 같게 본다는 뜻이다. '나는 나비, 당신은 꽃이에요. 이게 당신한테 끌릴 수밖에 없는 이유에요'라고 이야기하는 것이다.

정말 나는 나비이고, 당신은 꽃인가? 아니다. 사실적으로 본다면 '말도 안 돼' 하겠지만 내적표현으로 본다면 정말 멋있는 고백이다.

비유와 과장은 글을 생동감 넘치고 살아있는 글로 만든다. 특히 마음을 흔드는 글을 쓸 때, 광고 카피 등에서 사용하면 효과적인 글쓰기 노하우가 된다.

시나 문학을 배우자는 것이 아니다. 표현하고자 하는 것을 더욱 효과적으로 표현할 방법을 찾자는 이야기다. 시적 표현 즉 과장이나 은유, 직유는 분명 글쓰기에 있어서 강력한 무기가 될 수 있다.

합평, 즐거운 수다

    문예창작과 등 글을 써야 하는 과에 진학한 학생들의 글쓰기는 늘지 않을래야 늘 수밖에 없다. 이유는 어떻게든지 써서 내야 한다는 것에 있다. 그리고 어떻게 해서든지 기성작가나 동료들의 글을 읽어야 하고 평가해야 하기 때문이다.

    생각보다 글을 쓰고 싶어서가 아니라, 점수에 맞춰서 문예창작과를 결정하는 경우가 많다. 특히 몇몇 전문대는 실기가 없이 수능 성적 등으로만 학생을 뽑는 경우에는 더욱 그렇다. 지금은 실기가 생겼지만 입학 당시 대학에서는 실기를 보지 않았다. 그렇다 보니 성적에 맞춰서 과에 입학한 학생도 많았다. 글을 쓰고 싶어서 온 친구들이 2/3이라면 1/3은 성적에 맞춰 입학한 친구였다. 결과는 둘 중 하나였다. 자퇴하거나, 글쓰기가 늘거나.

    글쓰기는 훈련의 과정이다. 너무 당연한 이야기지만 반복적으로 읽고, 쓰고, 평가받다 보면 늘지 않을 수가 없다. 그렇기 때문에 글쓰기 습관을 중요시한다.

    글을 누군가에게 평가 받는 것을 두려워하면 글쓰기가 늘지 않는다. 우물에 빠진 개구리가 될 수 있다. 독자로부터 칭찬을 받든, 지적을 받든 피드백의 과정이 있어야 글쓰기가 늘 수 있는 것이다.

    신입 기자 시절 인터뷰 기사가 마음에 안 들었는지 전화가 왔다. 온갖 쌍욕이었다. 결론은 밥이나 한 번 하자로 끝났지만 트라우마를

극복하는 것이 쉽지 않았다. 발행된 신문을 보면서 용기가 나질 않았다. 한동안 말이다.

그런 차원에서 보면 어떻게 보면 글쓰기는 '용기'다. 우선 나와 마주하는 용기다. 작가는 다 아문 상처라도 글쓰기를 위해서라면 끄집어내어 소재로 삼는다. 글쓰기 앞에서 숨겨진 자신과 마주친다. 그 상처는 다시 글쓰기가 된다. 나의 상처와 부족함과 만나야 하는 용기가 필요한 일이다.

둘째는 독자들과 만나야 하는 용기다. 글쓰기에 있어 모여서 쓰고 읽고 나누는 것 이상으로 좋은 훈련은 없다. 거기에 글쓰기를 전문적인 직업으로 갖고 있는 사람들과 함께하면 금상첨화다. 비판 받을 것이 두려워 글을 내놓지 못하면 성장할 수가 없다. 응원도 받지 못하기 때문에 글쓰기에 재미가 붙지 않는다. 글쓰기 습관을 기르고 글쓰기에 대한 두려움을 없애기 위해서는 독자들과 직면하는 수밖에 없다.

글쓰기 커뮤니티 meeji는 '일주일에 한 편'이라는 주제로 시작했다. 당시 글쓰기에 회의감을 느끼고 있었던 것 같다. 한 달에 한 번, 신문을 제작하다 보니 몰아서 기사를 작성하는 버릇이 생겼고 글쓰기 습관은 저 멀리 남의 이야기가 됐다.

글쓰기 습관을 기르고 싶은 사람, 글쓰기를 통해 소통하고 싶은 사람, 글쓰기를 통해 인생을 정리하고 싶은 사람 등 7~8명 정도가 모여 한 달간의 실험에 들어갔다.

일주일에 한 편 글을 쓰고 서로 격려했다. 때론 화상채팅을 통해 얼굴을 보며 글쓰기와 삶에 대한 이야기를 나눴다. 의욕이 생겼다. 그리고 재미를 느낄 수 있었다. 회의감에서 벗어나 글쓰기가 즐거워졌다.

사실 개인의 인생을 나누는 것을 두려워했다. 철저하게 취재원들의 뒤에 가려서 얼굴을 드러내지 않았다. 나의 이야기는 없고 모두 남의 이야기였다. 하지만 함께 글을 쓰고, 나누다 보니 감춰뒀던 상처를 글로 드러내는 것이 두렵지 않았다. 그리고 일주일의 삶을 나누는 것이 자연스러워졌다.

그리고 계속 새로운 시도들을 한다. 글을 올려놓고 나면 금세 반응이 온다. 반응이 오지 않는 글들은 주제부터 문체, 문장의 리듬 등을 독자들의 입장에서 다시 생각해 본다. 잘못된 부분을 찾고 수정한다. 반응이 온 글이라면 어떤 부분들에서 반응이 왔는지 확인한다. 글쓰기에 대한 나의 생각, 일상, 20대에게 해주고 싶은 말 등 닥치는 대로 쓴다. 어떤 글에 더 클릭수가 높았는지 확인하고 새로운 시도들을 계속 한다.

실험적인 글들을 쓰다 보니 새로운 문장형식이 탄생하고 또 다른 색깔의 글이 된다. '내가 진짜 썼나?' 싶은 글도 탄생한다. 재미가 붙는다.

내가 아닌 다른 이들과 함께 글을 쓰다 보면 다른 사람들의 표현법과 문장의 리듬, 자주 쓰는 단어들을 확인해 볼 수 있는 공부가 된다. 그리고 그것을 자신의 것으로 습득하는 훈련이 된다. 전혀 새로운 그림이 탄생하기도 한다. 남의 방식과 나의 방식이 어우러져 새로운 형식의 글이 완성되는 것이다.

　인터넷 상에는 함께 글쓰기를 찾는 사람들이 많다. 굳이 만남을 갖지 않아도 인터넷 상에서 자신과 맞는 글쓰기 모임을 찾아 함께 글을 써보기를 추천한다. 또 다른 글쓰기 공부가 될 것이다.

훈련3, 글쓰기 습관 들이기(함께 쓰기 가이드)

기본형

○ 글쓰기를 함께 할 동료를 찾아 단체 채팅방을 만듭니다.(5~6명)

○ 블로그, 브런치 등 함께 글을 쓰고 나눌 글쓰기 플랫폼을 만듭니다.

○ 매주 1회 한 가지 주제로 의무적으로 글을 쓰고 글을 공유합니다.(마감시간을 정합니다. / 예) 매주 일요일 오후 5시까지)

○ 5시 이후 다음날까지 글에 대한 생각, 느낌 등을 자유롭게 댓글로 답니다. 상황에 따라 단체 채팅방을 이용해도 좋습니다. 그리고 온라인, 오프라인 모임을 가져도 좋습니다.

○ 이후 주제를 함께 정합니다. 주제에 따라 다시 글을 작성합니다.

확장형

○ 같은 방법으로 진행하되 글쓰기를 이어서 해 봅니다. 이어쓰기
의 경우 앞 사람의 문체, 리듬, 주제와 소재 등을 고려해야 하기
때문에 글쓰기 연습에 큰 도움이 됩니다.

○ 기본형과 같이 플랫폼을 만듭니다.

○ 순서와 주제를 정합니다.

○ 개인별 마감시간을 정하고 앞 사람 글을 보며 뒤의 이야기를 만
들어 봅니다.(이때 앞 사람의 문장형식, 문체, 리듬 등을 확인해
봅니다)

[주의사항] 회원이 10명이 넘을 경우 4~5명 정도로 회원을 분리
합니다. (사람이 많게 되면 익명성이 강해져 글쓰기에 소홀히 할 수
있기 때문입니다)

글쓰기가 막힌 사람을 위한 가이드

글을 쓰다 보면 막막해지는 때가 있다. 첫 문장에서 시작하지 못하는 사람, 중간에 주제가 꼬여 글쓰기가 막혀버린 사람, 글의 방향을 잃고 이리 저리 헤매다가 길을 잃은 사람들. 글을 쓰다 보면 여러 가지 이유로 글쓰기가 막히는 어려움을 경험하게 된다.

경험은 어려움을 최소화시킨다. 헤쳐 나오는 노하우가 있다면 말이다. 그렇지 않으면 하얀 백지 위에서 허우적될 뿐이다. 문제는 헤쳐 나와 본 경험이 없으면 글쓰기 자체를 포기하게 되는 문제까지 번진다.

정답을 찾기 보다는 방법을 찾는 것에 집중하는 것이 중요하다. 자신만의 노하우를 쌓아가야 하는 과정이기 때문이다. 정답을 찾다 보면 맞지 않는 옷을 입은 것처럼 어색하기만 하지 도움이 되지 못한다. 경험 속에서 체득하는 것이 중요하다.

아래 소개되는 몇 가지 방법은 글쓰기가 막힌 사람들을 위한 구명조끼다. 결국은 도움으로 삼아 자신 만의 방법을 찾아야 한다.

창조는 경험들의 조합

글쓰기가 막막해지지는 경우의 대부분이 소재가 떨어졌을 때가 많다. 주제를 설정하고 글을 쓰는 과정에서 준비해놓은 소재가 떨어지면 대략 난감이다. 주제를 부각시키기 위한 적절한 예시를 만들 수도 없을 뿐더러 쓰고자 하는 내용에 대한 근거자료를 내놓기도 어렵다. 글은 빈약해지고 풀리지 않는다.

창조는 경험들의 조합이다. 머릿속으로 아무리 짜낼 내야 짜낼 수가 없다. 뜻밖의 만남이 필요하다. 이때 글쓰기를 멈추고 새로운 경험들을 하는 것이 좋다. 이 경험들은 뜻밖의 만남을 가져온다. 영화를 보아도 좋고, 책을 보아도 좋다. 그리고 노래를 들어도 좋다. 시간이 있다면 여행이나 산책을 가보는 것도 좋다. 혹은 친한 사람들과 만나 수다를 떠는 시간도 좋은 뜻밖의 만남을 가질 수 있다.

길로 나가 지나가는 사람들을 관찰해 보는 것도, 간판이나 광고 문구를 보는 것도 좋은 만남이 된다. 글과는 전혀 연관성이 없어 보이는 다른 경험들을 해 보는 방법이 글을 풀어가는 좋은 방법이 될 수 있다.

전혀 다른 경험에서 만나는 뜻밖에 만남은 신선하다. 어떤 한 단어가 떠오르거나, 풀리지 않던 부분의 글이 풀리는 실마리를 찾게 된다. 뜻밖의 조합이 이뤄져 재창조가 된다.

이 같은 과정을 여러 번 반복하다 보면 자신만의 노하우가 생긴다. 막혀 있던 글에 대한 해답을 찾는 나만의 방법이 생기는 것이다.

과감하게 Delete

글을 쓰다보면 과감하게 모든 글을 삭제해야 하는 순간이 있다. 문장을 쓰다가도 모든 것을 지우고 백지에서 시작해야 하는 경우가 있다. 때로는 백지에서 출발하는 글이 더 쉽게 풀리는 경우가 있다. 앞의 내용에 얽매이지 않아도 되는 이유다.

이때 글쓴이는 용기가 필요하다. 그동안에 애써 쓴 글들을 지워야 하는 순간이기 때문이다. 몇 시간, 혹은 며칠 동안 공들여 쓴 글을 지워버려야 하는 아픔은 참기 쉽지 않다. 하지만 과감하게 지워야 하는 순간도 필요하다.

글을 쓰다가 문장이 막히는 순간이 됐다면 많은 것을 시도해 봐도 글을 이어갈 수 없다면 과감하게 삭제 버튼을 눌러라. 그동안 썼던 내용을 휴지통에 던져 버려라.

글쓰기를 하다보면 앞에 내용에 얽매여서 뒤에 글을 써내려가지 못하는 경우가 있다. 앞에 글과의 내용을 억지로 맞추려고 하다보면 더 이상 나갈 수가 없다. 앞의 글의 논리가 안 좋았거나 소재가 없었기 때문에 생기는 어려움이다.

이때 과감하게 지우고 처음부터 시작해 보는 것도 좋은 방법이다. 막상 글을 쓸 때는 소재의 좋고 나쁨이나 이야기의 주제 등에 대해서는 생각할 수 없기 때문이다.

삭제를 하고 글을 다시 작성하면서 새로운 경험을 하게 된다. 앞에서 쓰고 지웠던 내용들이 연상되면서 더 좋은 문장이나 구성이 만들어지는 경우다. 앞글에 얽매이지 않고 다시 뼈대부터 세우는 과정에서 해결책이 등장한다. 글을 쓰다보면 꽤 자주 이런 현상을 경험하게 된다. 첫 번째보다 두 번째 쓴 문장이나 글이 훨씬 더 매끄럽고 이해하기가 쉽다. 이미 머릿속에서 다시 정리가 되었기 때문이다.

이미 앞에서 한 번 써본 글이기 때문에 다시 써보는 과정에서 잊었던 부분이나 논리의 오류 등이 발견되고 막혔던 글이 술술 풀리게 된다. 때로는 과감하게 삭제 버튼을 눌러야 할 때가 있다.

카드놀이로 길 내기

문장을 쓰다보면 앞뒤가 맞지 않아 글이 막혀 버리는 수가 있다. 문장 한 개에 여러 내용이 담겨 있을 때가 특히 그렇다. 한 문장씩 쓰다가도 문장끼리의 호응이 맞지 않아 문장이 막혀 버리는 경우도 있다.

이때는 문장은 한 문장으로 나열해 보는 것도 좋다.

긴 문장이 있다면 최대한 단문으로 바꿔 본다. 그리고 줄과 줄 사이는 한 줄씩 띈다. 그렇게 되면 문장 간의 호응이 안 맞았던 부분이 발견된다. 단문으로 그대로 가도 무방하지만 리듬에 맞게 다시 조합해 보자. 그러면 뒷 문장에 대한 실마리를 찾을 수 있게 된다.

한 문장 안에서도 마찬가지다. 풀리지 않는 문장이 있다면 그 문장과 전 문장을 해체한다. 단어별로 해체해 다시 조합한다.

문단을 모두 풀고 해체하는 방법도 도움이 된다. 이때 중요한 것은 해체한 단어나 문장들 끼리 따로 보이도록 한 줄씩 혹은 다섯 칸 이상씩 띄어 놓아야 한다는 것이다. 한 개의 단어, 문장을 한 개의 카드로 보고 카드의 위치를 바꿔가면서 재조합하는 단계다.

이 과정에서 글과 문장, 문단의 구성이 바뀌게 된다. 구성이 바뀌면 막혔던 글이 뻥하고 뚫린다.

앞뒤 전환

써놓은 문장의 앞과 뒤를 바꿔보는 것도 좋은 시도가 될 수 있다. 문장의 앞과 뒤를 바꾸는 다른 것은 복잡한 문장을 해체하는 것부터 시작한다. 예를 들어 '우리 모임은 1993년 창설되었고 100여 명의 회원들이 매주 함께 모여 글쓰기에 대해 공감하고 배우고 있습니다'라는 문장을 썼다고 생각해 보자. 한 문장 안에 여러 내용이 담겨 있다.

이때 시작을 '우리 모임'이 아닌 다른 것으로 가져와 보자. '1993년 창설되었고'라는 창설을 앞으로 두게 되면 '1993년 창설된 우리 모임은 100여 명의 회원들이 매주 모여 글쓰기에 대해 공감하고 배우고 있습니다'로 정리할 수 있다.

혹은 1993년부터 매주 모이고 있다는 것을 강조하고 싶다면 '1993년 창설돼 매주 모임을 갖고 있는 우리 모임을 통해 100여 명의 회원들이 글쓰기에 대해 공감하고 배우고 있습니다'라고 쓰면 된다. 사용한 단어나 절을 앞뒤로 바꾸는 것 하나만으로 문장이 쉬워지고 강조하는 부분이 달라진다.

그렇게 되면 다음에 올 문장을 풀어 놓기가 쉬워진다. 앞과 뒤의 문장배열이 바뀌면서 강조하는 부분이 달라져 뒤에 글을 끌어오기가 쉽게 변하기 때문이다.

말로 표현하라

후배들에게 가장 많이 하는 이야기가 있다.

"말로 나한테 설명해봐."

기사나 원고 내용이 꼬였거나 무슨 의미인지 알 수 없을 때 질문을 날린다. 백이면 백 의도했던 내용과는 다른 기사내용이다. 말로 표현해 보는 것은 글쓰기가 막혔을 때 굉장히 좋은 방법이다.

굳이 정돈이 안 되더라도 말로 표현해 보면서 해야 할 말들이 정리가 되기 때문이다. 그렇기 때문에 후배들에게 "말로 다시 한 번 설명해" 보라는 주문을 자주한다.

앞에서 제1독자에 대해 언급한 바 있다. 글이 풀리지 않을 경우 제1독자와의 대화는 굉장한 힌트가 된다. 글을 쓰다가 막혔을 때, 어떤 프로그램들에 대해 기획안이 떠오르지 않을 때 아내에게 주저리주저리 설명을 한다. 그러면 아내는 들으면서 궁금했던 점을 묻는다. 혹은 이해되지 않는 부분을 지적한다. 대화를 주고받다 보면 잊었던 부분이 생각나고 꼬였던 부분이 어디인지 알게 된다. 생각지 못한 소재가 생각나기도 한다.

초고에 실망하지 말라

초고는 끔찍하다. 위로가 아닌 위로가 된다. 누구에게나 초고가 끔찍하다면 누구나 글을 고쳐 나갈 수 있다는 이야기가 되기 때문이다.

무슨 객기였는지 대학시절 과제를 퇴고한 적이 없다. 아니 사실 시간이 없었다는 핑계가 컸다. 학교까지 왕복 4시간, 집에 컴퓨터가 없던 터라 과제는 PC방에서 했다. 새벽녘까지 과제를 끝내고 나면 또 학교에 가야 하는 시간이었다. 학교에 도착하면 프린트해서 과제를 내기에 바빴다.

사실 핑계다. 충분히 시간을 쪼갰으면 한번쯤 퇴고하는 것은 일도 아니었을 테니 말이다. 과제를 제출한 후 합평시간이면 오탈자에 대한 문제제기가 계속됐다. 내용면에서는 괜찮은데 오탈자나 비문이 많아 글의 완성도가 떨어진다는 내용이었다. 가끔은 구성 자체에도 문제가 있었다. 뼈아팠지만 잘 고쳐지지 않는 버릇이었다.

직장생활을 10여 년 이어가고 있는 중에도 여전히 퇴고는 어려운 일이다. 지금도 글을 쓰고 나서 결재를 올리기 전 후배들과 함께 글을 읽어본다. 선배의 자존심 따위는 내어 버린다. 후배들과 잘못된 단어를 잡고 사족을 빼다보면 한결 깔끔한 글이 된다.

유명한 작가인 어니스트 헤밍웨이가 "문서 초안은 끔찍하다"고 표현했던 것처럼 퇴고는 꼭 필요하다.《무기여 잘 있거라》를 마지막 페이지까지 총 39번을 고쳐 썼다고 하니 얼마나 퇴고에 공을 들였는지 알 수 있다.

퇴고가 어려운 이유는 이미 쓴 글을 다시 본다는 것에 있다. 자신이 쓴 글을 다시 보면 오류를 찾기는 생각보다 쉽지 않다. 이미 작성된 글이기 때문에 때로는 대충 넘겨 읽는 경우가 생긴다. 또한 분명 문장의 오류지만 발견되지 못하는 경우가 많이 생긴다. 타인이 읽을 때는 쉽게 발견되는 오류인 데도 말이다.

역으로 다른 사람의 글을 읽을 때는 오류가 잘 발견된다. 자신이 문장을 쓰지 않았기 때문에 어색한 부분이 쉽게 발견되기 때문이다.

대부분 자신이 쓴 글을 습관적으로 손본다. 글을 쓸 때는 이모저모 생각하다가 자칫 문맥을 놓치거나 어느 부분은 과장하고 어느 부분을 빼뜨리는 경우도 생겨서 퇴고하지 않으면 완성된 작품이 되지 못하기 때문이다. 퇴고를 하다 보면 무슨 어휘가 걸리든지 하다못해 오탈자 하나라도 발견되기 마련이다.

① 전체적으로 주제에서 벗어난 곳은 없는지 살피기

② 문단별로 문맥이 맞는지 살피기

③ 문장에 비문이 없는지 살피기

④ 오타나 탈자는 없지 확인하기

퇴고의 단계는 대략 위와 같이 네 부분으로 나뉜다고 생각해 볼 수 있다. 큰 틀에서부터 점차 세세한 내용까지 여러 번씩 반복하는 것이 효과적이다. 아무리 보고 또 봐도 계속 고칠 곳이 보이기 때문에 만족할 때까지 하는 것이 좋다. 대략 4~5회를 반복하지만 길게는 10회 이상, 누군가는 30회 이상을 하기도 한다.

여기서 주의 할 것은 반복의 횟수가 많아질수록 큰 틀에서의 변화는 주지 않는 것이 중요하다. 큰 틀에서의 수정은 초반 2~3회에서 마무리한다. 글의 구성이나 순서 정도다. 이후에는 문맥이나 문장에서의 오류를 찾아내는데 주력하는 것이 좋다. 퇴고를 반복하면서 큰 틀을 흔들어 버리면 오히려 예상치 못한 오류가 퇴고 중에 생겨나기 때문이다. 산을 먼저 보고 나무를 보는 게 퇴고의 기본이다.

체크리스트

퇴고하기 전 체크리스트를 만들어 놓는 것도 퇴고의 좋은 방법이다. 오답노트를 만들어 놓자는 이야기다. 체크리스트를 놓고 글을 쓰고 다듬다보면 오락가락하지 않고 일관성 있게 다듬을 수 있다.

☐ ① 문장은 단문으로 쓴다.

☐ ② 문장의 리듬을 살려서 쓴다 .

☐ ③ 구체적으로 묘사해야 할 경우 생생한 단어들을 사용한다.

☐ ④ 한문으로 된 단어사용은 피하고 한글로 풀어서 사용한다.

☐ ⑤ 한문으로 된 단어를 사용하게 될 경우 사전적 뜻을 찾아본다.

☐ ⑥ 전문용어의 경우 사전적 뜻과 함께 나름의 해석을 붙여 설명한다.

☐ ⑦ 한 문장이 4줄 이상 넘어가지 않도록 유의한다.

☐ ⑧ 지루하지 않도록 3번 이상 똑같은 형식의 문장은 사용하지 않는다.

☐ ⑨ 글 안에서 똑같은 서술어가 반복되지 않도록 다양한 서술어를 사용한다.

☐ ⑩ 제목은 신선하게 뽑는다.

☐ ⑪ 제목 안에 글의 내용이 들어가 있는지 확인한다.

☐ ⑫ 너무, 굉장히 등의 애매한 단어는 피하고 구체적으로 쓴다.

☐ ⑬ 군더더기가 없게 쓴다.

☐ ⑭ 문장호응이 잘 맞는지 확인한다.

☐ ⑮ 단어나 내용을 구분할 때는 보기 쉽도록 작은따옴표를 활용한다.

나름의 체크리스트다. 이 책 내용의 대부분의 내용이 담겨 있다고 봐도 무방하다. 어찌 보면 이 책의 내용이 전부 체크리스트가 될 수도 있다. 사람에 따라 중요시 여기는 부분이 다르기 때문에 체크리스트를 갖고 수정을 한다면 글만 보고도 누구의 글인지 알 수 있을 정도로 일관성을 가질 수 있다. 이 과정을 통해서 자신만의 문체가 만들어진다.

맞춤법 검사기

컴퓨터로 글을 쓰게 되면서 퇴고도 컴퓨터에게 맡기는 경우도 있다. 사람과 교차 확인하는 것처럼 컴퓨터와도 교착확인 하듯이 원고를 확인할 수 있기 때문에 좋은 방법으로 꼽힌다. 오히려 사람이 놓치는 오, 탈자를 정확하게 잡아 낼 수 있기 때문에 인간의 불완전성을 보완할 수 있다.

인터넷 창에 '맞춤법 검사기'라고 검색만 해도 포털 사이트 등에서 운영하는 맞춤법 검사기를 활용할 수 있다. 특히 국어 평생교육 사이트 '우리말 배움터'에 가면 부산대에서 운영하는 한국어 맞춤법/문법검사기를 사용할 수 있다.

'국립국어원 맞춤법 검사기'라고 검색하면 같은 프로그램이 나오기도 하는데 국립국어원이 공식적으로 맞춤법 검사기를 제공한 적은 없다고 한다.

한글이나 워드에 작성한 글을 복사해 검사기에 붙여 놓으면 철자, 오타, 띄어쓰기, 외국어 발음뿐만 아니라 수동형 문구를 능동형으로, 겹치는 표현, 순화해야 하는 표현 등을 자세히 나타난다.

이외에도 네이버 등 포털에서도 맞춤법 검사기를 운영하고 있으니 둘러보고 더 정확하고 이용하기 쉬운 프로그램을 사용하면 좋다. 대부분의 맞춤법 검사기는 사용방법이 같다는 점도 참고하면 좋다.

하지만 100% 의존하는 것은 좋지 않다. 직접 눈으로 고쳐 쓰는 습관을 기르자.

묵혀두기

글쓰기를 마감할 때 꼭 세 가지 하는 것이 있다. 첫째는 후배들과 함께 기사를 읽고 퇴고하는 것이다. 그리고 바로 다시 퇴고를 하지 않는다. 두 번째 다음날 혹은 며칠 후 퇴고를 다시 한다. 글이 마감됐을 때 바로 퇴고하지 않는다. 물론 급한 글이라면 글을 쓰고 바로 퇴고에 들어가기도 한다. 이때도 적어도 30~40분 정도는 다른 일을 하다가 퇴고를 하게 되는데 글을 쓰면서 보이지 않던 오류들이 발견된다.

세 번째는 장소를 책상 앞이 아닌 회의실이나 카페에서 읽어 본다. 장소를 바꾸면 또 다른 것이 보인다. 눈에 보이지 않던 것들이 말이다. 시간과 장소의 차이를 두고 투고하면 글을 쓸 때는 보이지 않던 오류가 보이기도 하고 더 좋은 문장이 생각나기도 한다.

퇴고과정에서는 묵혀두기가 필요하다. 묵혀두기란 글을 완성하고 얼마의 시간을 두고 차후에 퇴고를 하는 것이다. 묵혀두기를 함으로써 글을 작성할 때의 감정이나 컨디션에서 벗어나 객관적으로 글을 볼 수 있다는 장점도 있다.

묵혀둔다는 것은 시간과 장소를 다르게 한다는 것이다. 시간을 기준으로 본다면 하루 이상은 묵혀두는 것이 중요하다. 급하게 마감을 해야 하는 글이 아니라면 일주일 정도를 묵혀둬도 좋다.

하루 이상 묵혀두는 이유는 글쓰기 과정에서의 감정을 배제하기 위해서다. 밤의 감정과 낮의 감정 그리고 아침의 감정을 다르다. 누군가는 밤 시간에 극도로 우울해지기도 하는데 이때 쓴 글을 낮에 퇴고해 객관성을 확보하는 과정이다. 또한 밤 시간에는 주로 감정에 치우칠 수가 있고 낮에는 조금 더 현실적이고 객관적으로 감정의 변화가 생기기 때문에 서로 보완할 수 있다. 몇 년 전에 썼던 편지를 꺼내보았을 때 부끄러움이 드는 원리와 같다.

시간을 두고 퇴고하게 되면 글쓰기를 하면서 놓쳤던 부분이 보인다. 눈의 컨디션이나 신체리듬에 변화를 줌으로써 보이지 않던 오류를 발견하게 되는 것이다.

장소를 기준으로 한다면 글을 쓴 장소가 아닌 다른 곳에서 글을 고치는 것이다. 사무실에서 작성한 글을 집에서 볼 때는 또 다르다. 또 출퇴근길 지하철이나 버스에서 볼 때도 발견하지 못한 것들을 발견하게 된다. 카페나 도서관도 좋다. 환경의 변화를 준다면 효과적으로 글을 쓸 수 있다.

뽑아보기

글을 마무리 짓고 어느 정도 시간이 지났다면 모니터상으로 퇴고를 2~3회를 한 후 꼭 프린터로 인쇄해서 교정을 보길 바란다. 모니터로 교정하는 이유는 큰 틀에서 문장이나 문맥을 수정하기에 용이하기 때문이다. 이후에는 더 정밀함이 필요하다.

먼저 맞춤법 검사기에 글을 한 번 검사해 본 후(이 과정은 빠져도 좋다) 컴퓨터 모니터를 통해서 2~3회 걸쳐 문맥, 문장호응에 집중해 글을 보자. 그리고 빠진 부분은 없는지, 추가설명은 필요 없는지, 뺄 것은 없는지에 보자. 글의 큰 틀을 보는 과정이다. 오류나 수정이 발견되었다면 컴퓨터로 바로 수정을 한다. 컴퓨터로 수정하는 이유는 수정 양이 많아지거나 추가로 글을 작성해야 하는 과정이기 때문이다. 혹은 큰 부분을 드러내고 수정하거나 문단 자체의 앞뒤를 바꾸는 경우가 생기기도 한다.

이후 적어도 4~5회 이상은 인쇄물에 볼펜이나 형광펜을 그어가며 읽어봐야 한다. 모니터를 통해서 큰 틀을 수정했다면 오탈자를 중심으로 글을 읽는다. 이때 펜으로 글을 그어가면서 틀린 부분은 체크

한다. 이때 맞춤법이나 지명, 인명, 연도 등 수치를 다시 한 번 확인한다. 그리고 문장에 비문이 없는지 확인하는 과정을 거친다.

소리내어 읽기

소리를 내서 읽는 것은 좋은 퇴고의 방법이다. 한글은 말하는 소리를 문자화하고 있다. 그렇기 때문에 소리를 내어서 글을 읽다보면 틀린 부분이 발견된다.

글을 소리 내서 읽다보면 '턱' 하고 막히는 부분이 생긴다. 그리고 읽으면서도 '응?' 하며 의문이 생기기도 한다. 대부분 문장의 오류나 논리의 오류가 발생했을 확률이 높다. 말하듯이 술술 글이 읽혀야 하는데 오류가 생기다 보니 막혀버리는 것이다.

소리 내서 읽다보면 눈으로 읽을 때 보이지 않던 오탈자가 보인다. 사실 눈으로 읽다보면 오자나 탈자가 생겼지만 자연스럽게 넘어가는 경우가 많이 생긴다. 당연히 그 단어겠거니 하고 넘어가는 오류가 생기는 것인데 글을 소리 내어 읽음으로써 이 같은 일을 방지할 수 있다.

급식체라는 신조어가 생겼다. 급식체란 주로 청소년들 사이에서 유행하는 말하기 방식을 비유적으로 이르는 말인데 기본적으로 글의 형식이 파괴되어 있다. 기존에는 주로 단순한 줄임말 형태에서 시작하더니 상대를 비하하는 말이 되고 있어 문제가 되고 있다.

커여워, 댕댕이 등 한글의 파괴가 시작된 것이다. 이를 배경으로 '한글의 위대함'이라는 검색어가 유행했었다. 사실 말장난이지만 한글을 파괴시켰는데 한국인은 쉽게 읽을 수 있는 점을 부각시킨 것이다. 해외여행을 하다보면 숙소에 대한 평가를 하는데 나쁜 평가의 경우 지워지기도 하니까. 한글을 파괴해 공유하기 시작한 것이다.

커여워, 댕댕이를 한국 사람들은 귀여워, 댕댕이로 자연스럽게 읽는다. 교정을 하다보면 오류가 자연스럽게 읽히는 경우가 있다. 그렇기 때문에 소리 내어 읽어 보는 것이 중요하다.

문장의 리듬도 살릴 수 있다. 독자들은 리듬 있는 문장 속에서 더욱 글에 집중할 수 있다. 소리 내서 읽다보면 리듬이 툭툭 끊기는 부분이 생기는데 소리 내서 읽어도 끊기지 않도록 다듬어야 한다.

3

응용편

자기소개서

쓰기

글쓰기의 기본을 알고 있는 사람은 자기소개서, 기획서, 보고서 등을 빠르게 작성한다. 그리고 구성도 치밀하다. 결국 업무의 대부분이 글쓰기의 영역이기 때문이다. 잘 배워둔 글쓰기는 사회초년생들의 확실한 경쟁력이 될 수 있다.

사회는 그들에게 무엇을 바라는가?

고등학교를 졸업하고 나면 두 가지 선택의 갈림길에 놓인다. 대학에 입학할 것인가, 취업전선에 뛰어들 것인가. 대학 졸업을 앞두고 있는 학생들에게도 마찬가지다. 학업을 더 이어갈 것인가, 취업을 할 것인가.

사회초년생들에게는 여기서 사회초년생이란 '청년'으로 범위를 넓힌다. 직장인과 예비 직장인, 대학생과 예비 대학생들을 모두 사회초년생이라고 볼 수 있기 때문이다.

아무튼, 대학생이 되기 위해서는 그리고 직장인이 되기 위해서는 자기소개서를 필수적으로 쓰게 된다. 대학생이 되었다면 리포트부터 논문까지 글쓰기의 연속이다. 직장인이 되었다면 기획서, 보고서. 심지어 프레젠테이션 대본까지 글쓰기가 계속된다. E-mail 하나를 보내도 글쓰기의 영역이다.

사실 사회초년생들에게는 무기가 없다. 취업전선에 뛰어들었다고 치자. 회사의 문화뿐만 아니라 업무를 새롭게 다시 배워야 한다. 학교에서 배운 것은 무용지물이 되는 경우도 있다.

언론사의 경우 신문방송학과나 국어국문과, 문예창작과 출신의 신입직원들을 선호한다. 기사를 작성하기 위해서는 글과 친한 사람들이 아무래도 유리하기 때문이다.

하지만 1~2년 동안 듣는 이야기는 무엇인지 아는가?

"국문과 출신도, 문예창작과 출신도 쓸모없네."

어차피 다시 가르쳐야 하기 때문이다. 이 작업이 1년~2년은 걸린다. 글을 직업으로 삼겠다고 준비해온 친구들도 이 정도니 일반적인 회사에서는 더욱 그럴 것이다. 사회초년생을 업무를 다시 배우는 시기이기 때문이다.

이때 기획서나 보고서를 어느 정도 구상하고 작성할 수 있다면 회사에 도움이 된다. 회사가 만들어 놓은 정해진 틀 속에서 요점을 파악해 정리하고 상대를 설득하는 것은 사회초년생이 가질 수 있는 최고의 무기가 된다. 필살기다.

그런 신입이 왔다는 것은 팀에 있어 천군만마다. 시간과 업무능률을 올릴 수 있기 때문이다.

학교에서도 마찬가지다. 갓 대학에 졸업한 동생들이 시험기간만

되면 찾아온다. 리포트를 써야 하는데 방법을 모르겠단다. 그동안 5개의 문항 안에서 답을 찾는 방법만 배웠으니 그럴 만도 하다.

반대로 고등학교 때부터 글쓰기를 어느 정도 해왔던 친구들은 리포트로 교수들의 눈길을 사로잡는다. 물론 교수가 리포트를 꼼꼼히 읽는 참된 스승일 경우다.

글쓰기는 자신의 생각을 논리정연하게 나타내는 도구다. 프레젠테이션을 하더라도 그에 대한 대본을 먼저 작성하는 것이 정석이 된 이유도 그것이다.

사실 사회는 갓 사회에 진출한 초년생들에게 큰 것을 바라지 않는다. 일을 열심히 배워서 금방 적응해 주기를 바란다. 하지만 그들이 적어도 기획서, 보고서나 프레젠테이션 원고를 어렵지 않게 작성하거나 더 나아가 설득력 있게 쓸 수 있다면 팀이나 회사에 큰 도움이 될 수 있다. 그것은 앞서 다뤘던 글쓰기의 기초를 알고 있을 때 가능한 일이다.

하지만 왜 자기소개서냐라는 의문이 생긴다. 자기소개서는 진학이나 직장을 구하기 위한 필수품인 동시에 지나온 삶을 돌아볼 수 있는 최적의 글쓰기 교재기 때문이다.

왜 당신이 인재인지 설득하라

- 자기소개서 개론 -

자기소개서를 글의 종류로 분류해 보면 어떤 글일까? 이 질문을 먼저 던지는 이유는 왜 써야 하는지 이해할 때 효과적인 글쓰기가 가능하기 때문이다.

굳이 글의 종류로 분류해 보면 자기소개서는 설득문이다. 설득문에는 두 가지 요소가 포함된다. 설득시키려 하는 '주장'과 이를 뒷받침하는 '근거'가 들어간다.

더 구체화 시켜보면 '당신의 회사(학교)에서는 나를 반드시 뽑아야 한다'는 주장과 경험과 이력을 포함한 스펙이라는 '근거'를 작성하는 글쓰기다.

STEP 1. 역사 속 에피소드 찾기

자기소개서를 작성하기 전에 해야 할 일은 '지원하고자 하는 곳의 역사를 찾아보는 일'과 '나의 역사를 돌아보는 일'이다. 이 두 가지를 글의 전체적인 맥락을 잡기 위해 중요하다. 지원하고자 하는 곳의 역사를 찾아보는 것으로

어떤 일들을 하는 곳인가?
어떤 인재상을 원하는가?
어떤 가치관을 갖고 있는가?

등 질문에 대한 답을 찾을 수 있다. 이 과정이 없이는 원하는 곳을 적절하게 공략할 수 없기 때문에 필수적으로 지원하고자 하는 곳을 찾아봐야 한다. 독자를 선정하는 것과 마찬가지다.

이 과정에서 회사의 입장에서 어떤 역량을 가진 사원을 뽑고 싶어하는지에 대한 힌트를 구할 수 있다. 회사가 원하는 인재임을 설득하는 기초자료다.

1년에도 몇 건이나 자기소개서를 요청하는 경우가 있다. 돈을 받고 첨삭했으면 꽤 많은 돈을 벌 수 있었겠다는 생각도 든다. 특히 4~5년 전부터는 일하고 있는 선교단체에서 팀의 막내를 뽑을 때 관

여하다 보니 인사담당자들의 마음도 느껴진다.

자기소개서 작성을 도울 때 두 가지 원칙이 있다. 직접 키보드에 손을 대지 말 것 그리고 작성 전 꼭 만나 그 사람의 인생 이야기를 들을 것.

자기소개서를 직접 작성하지 않으면 의미가 없다. 간혹 대신 써 줄 수 있느냐는 예의 없는 질문을 던지는 이들도 있다. 글쓰기에 자신이 없다는 이유에서다. 하지만 단호히 거절한다. 문장을 손봐 줄 수는 있지만, 글을 어떻게 쓸지 코칭할 수는 있지만 절대 대신 작성하는 경우는 없다.

어차피 면접은 이력서와 자기소개서의 많은 부분을 참고하기 때문에 자기소개서를 직접 쓰지 않으면 면접에 가더라도 거짓말쟁이가될 수밖에 없다. 그렇기 때문에 절대 자기소개서 대필은 하지 않는 원칙을 둔 이유다.

두 번째는 스펙을 나열하지 말라는 것이다. 자기소개서는 삶이 묻어나야 하기 때문이다. 앞서 '이 회사에서 원하는 인재상은 무엇인가?'에 대한 답이 나왔다면 다음 단계는 자신의 삶의 경험을 통해 자신이 회사가 원하는 잠재력을 갖고 있다는 것을 어필하는 일이다.

이를 위해서 꼭 만나서 자신의 스무 해 일생을 돌아보게 한다. 대화를 하다 보면 그 사람의 인생 속 이야기에서 회사가 원하는 인재라는 것을 설득할 만한 콘텐츠가 발견된다. 이것이 곧 이력이 되고 스펙이 된다. 이 역사와 회사나 학교가 원하는 인재상을 연관 지으면 된다.

앞서 이론편과 실전편에서 살펴봤던 것처럼 콘텐츠를 중심으로 이야기를 만들면 한편의 그럴싸한 자기소개서가 완성된다.

통일 관련된 업무를 하는 비영리단체의 홍보팀이나 언론사에 지원한다고 생각해 보자. 아래 상황을 비영리 단체가 원하는 인재상 정도로 정리해 볼 수 있다. 사실 실제로 첫 직장에 입사원서를 낼 때 맞춤형으로 썼던 자기소개서를 재구성해 본 내용이다.

기본적으로 사람을 아끼고 사랑하는 마음을 지닌 사람
사람들 사이의 관계가 유연한 사람
기본적인 글쓰기 소양을 갖춘 사람
활동적인 사람
꾸준히 오래 일할 수 있는 사람

하지만 문제는 많은 20대 사회초년생들은 경험이 많지 않다는 것이다. 소위 스펙을 쌓기 위해 다양한 외부활동을 했다면 콘텐츠가 많겠지만 대부분은 그렇지 못하다. 대화를 통해 인생을 돌아보면서 에피소드를 찾는다.

부모님의 가치관

문예창작과 졸업

초등학교 친구들로 결성된 축구 동아리 참가

교회에서 중고등부, 청년부 리더 활동 및 밤샘 준비의 추억

군대에서 GOP 근무 경험

실제로 첫 직장을 구하기 위해 자기소개서에 썼던 내용을 한 문장으로 정리해 봤다. 스무 해 인생을 돌아보니 정말 자기소개서에 쓸 내용이 많지 않았다. 하지만 어떻게 해서든 설득하기 위해 에피소드를 설정하고 살을 붙여 나갔다.

부모님의 가치관은 아이가 어른으로 자라는 데 있어서 매우 중요하다. 어떻게 키웠느냐에 따라서 어떻게 자랐느냐가 결정되기 때문이다. '성실하다'를 어필하기 위해서는 그 부모님의 성실한 삶의 에피소드를 그리면 좋다.

다만 이 부분에서 가장 주의해야 할 것이 있다.

'자상하고 인자한 부모님 밑에서 자라......'

최악의 문장이다. 저 문장으로는 어떤 것도 어필할 수 없다. 어떤 에피소드도 없다. 차라리 부모님이 늘 전하던 말씀을 활용해 볼 수 있다.

'돈은 잃어도 사람을 잃지 말아라.'

많은 부모님들이 자식들에게 하는 이야기지만 이 이야기를 서두에 두고 사람을 중시했던 에피소드로 살을 붙여 나간다면 '기본적으로 사람을 아끼고 사랑할 수 있는 사람'이라는 어필을 할 수 있다.

여기에 문예창작과에서 문학을 공부하면서 교수들로부터 '너의 작품에는 나쁜 캐릭터가 없어서 밋밋한 감이 있다', '너의 시를 보면 세상을 따뜻하게 보는 시선을 가졌다는 것이 느껴진다' 등의 평가를 곁들인다면 원하는 인재상이라는 주장에 근거를 더할 수도 있다.

초등학교 때 친구들로 결성된 축구동아리를 20대 중반까지도 함께하고 있다는 것은 꾸준함을 어필할 수 있는 에피소드가 되기도 한다. 20대 중반 정도라고 치면 적어도 10년 이상은 함께해왔다는 것을 어필할 수 있다.

또 교회에서 리더생활을 하며 밤을 새며 프로그램을 준비했던 에피소드를 통해 '좋아하는 것에 몰두하는 성향'이라는 것도 설명이 가능하다. 한편으로는 리더십이라는 부분도 어필하기 좋다.

축구 에피소드

초등학교 시절 만났던 친구들로 구성된 축구팀에서 활동을 하고 있다.

포지션은 미드필더. 공격과 수비를 연결해줘야 하다 보니 다른 포지션보다 더 뛰어야 하고 티가 나지 않지만 이 포지션이 참 좋다.

고등학교 때는 친구들과 고등학교 때에는 친구들과 함께 풋살 대회도 나갔었다.

대회를 준비하는 과정에서 다툼도 있었지만 친구들 사이에서 의견을 조율하면서 대회를 마칠 수 있었다.

교회 에피소드

고등학교 시절부터 한 교회를 섬기고 있다.

고등학교 2학년 때부터 임원으로서 수련회나 각종 행사를 준비하고 있다.

가끔은 연극 대본을 쓰기도 했다.

행사를 준비하다 보면 밤을 새는 경우도 있었지만 즐거웠다.

행사를 준비하기 위해 며칠 밤을 새워 영상편집 프로그램을 독학해 영상을 만든 적이 있다.

행사에 참여하도록 사람들을 설득하는 일이 가장 힘들었지만 기억에 남는 일이다.

느낀 점(나의 강점)

흥미를 느낀 것이 있다면 만족할 때까지 끝없이 파고든다. - 책

임감
축구팀, 교회에서의 역할은 사람들 사이에서 관계를 맺는 일이
다. – 가치관
다툼이 생긴 공동체에서 문제 해결한 경험이 있다. – 문제에 대
한 해결능력

간단하게 에피소드 속에서 찾아낸 스펙이다. 경험을 구체적으로
작성하고 이에 대한 느낀 점을 회사가 원하는 인재상에 맞춰다 보면
꽤 설득력을 갖춘다. 굳이 토익 점수, 해외연수 경험 등이 없다고 해
도 말이다.

남자의 경우 군에서의 경험도 꽤 에피소드 거리가 된다. 군대에서
GOP를 바라보면서 '북한을 위해 많은 기도한 적이 있다'면 이러한
에피소드를 경험으로 해서 북한에 관심이 생겼다는 것으로 위에 설
정한 원하는 인재상에 부합시킬 수 있다.

모든 사람의 삶은 한 편의 역사다. 스토리 안에는 역사의 모든 이
야기를 담을 수는 없다. 다만 목적에 맞는 에피소드를 찾아 이야기
하는 것이 중요하다. 그리고 학교나 회사에 알맞은 내용을 찾고 연관
짓는 것이 중요하다. 자기소개서는 수많은 자신의 이야기들 속에서
회사나 학교가 찾고 있는 인재라는 근거들을 찾아내 글로 쓰는 설득
문이다.

STEP 2. 스펙 자랑은 스톱! 이야기하라

　이력서와 자기소개서를 심사할 때 최악의 자기소개서는 자신의 스펙을 나열한 것이다. 최근에는 수상이나 대외 활동을 직접적으로 언급하지 못하도록 하는 곳도 많다.

출신 학교
토익 혹은 토플 점수
봉사활동
대외활동

　대표적으로 자기소개서에서 많은 부분을 차지하는 에피소드다. 하지만 이것들을 나열만 해서는 전혀 설득할 수 없다. 토익이나 토플 점수가 높든, 대외활동이나 봉사활동으로 무엇을 했든 전혀 인사담당자에게는 설득되지 않는다.

구체적인 과정
결과
깨달음

　에피소드에 살을 붙일 때 대표적으로 사용할 수 있는 기본 틀이다. 출신학교가 중요한 것이 아니라 그 학교에서 무엇을 배울 수 있는가를 써야 한다. 어차피 출신학교는 많은 부분 이력서에서 걸러진다. 많은 인사담당자들이 자기소개서를 보기 전 이력서를 확인한다. 이미 출신학교를 알고 있는 상태에서 출신학교는 중요하지 않다.

앞서 말했듯이 회사 혹은 학교가 원하는 인재상을 파악하고 이에 맞는 에피소드를 설정하고 살을 붙이는 것이 좋다.

봉사활동이나 대외활동도 무엇을 했느냐가 아니라 어떤 역할을 했는가와 결과 그리고 깨달음이 중요하다. 즉 그 활동이 업무역량에 미칠 수 있는 영향을 이야기해야 한다.

대외활동으로 누군가를 가르치는 활동을 꾸준히 해왔다고 치자. 예를 들면 한 기업에서 준비한 프로젝트를 참여해 시골과 농촌 학생들과 학교에서 2박 3일을 보냈다. 2박 3일 동안 아이들에게 노래를 가르치는 역할을 맡았다고 가정하자. 그리고 교육 관련 기업이나 학교에 제출한 자기소개서라고 생각해 보자.

위에서 가정한 대외활동은 학생들을 좋아하고, 학생들에 대한 이해도가 높다는 장점을 어필할 수 있다.

'대외활동, 봉사활동을 많이 했다'는 내용을 어필하는 자기소개서가 아니라면 한 가지 에피소드에 집중에 과정과 결과를 이야기 풀어내는 것이 더욱 효과적으로 설득할 수 있는 방법이다.

STEP 3. 자신감 넘치는 문체로 쓰기

아주 오래 전 학교에서 웅변대회가 늘 있었다. 누가 올라오든 끝이 같았다. 전교회장 선거를 위한 유세도 마찬가지였다.

"이 연사! 자신 있게 외칩니다."
"여러분들이 원하는 학교로 만들겠습니다."

공통점이 무엇인가? 자신감이다. 글은 어떤 문체를 사용하느냐에 따라 독자로 하여금 다른 느낌을 들게 한다. 자기소개서의 화자는 '회사에 입사하고자 하는 사람' 즉 자신이다. 그럼 독자는 누구인가? 인사담당자나 실무자들이 될 것이다.

자기소개서는 글이라는 도구를 활용해 자신을 어필하는 일이다. 저는, 나는 등의 주어는 최대한으로 제한하는 것이 중요하다. 어차피 인사담당자들은 글쓴이가 '이 회사에 들어오고 싶어 하는 사람' 즉 당신 자신임을 알고 있기 때문에 굳이 사용할 필요가 없다.

또한 나는, 그는 등의 주어를 자주 사용하다 보면 전체적인 문체가 설득하기 위한 글이 아니라, 소설이나 일기처럼 보일 수 있기 때문에 설득력과 몰입감이 떨어진다. 자기소개서의 문체는 확신 있고 자신 있어야 한다.

A. 00기업에 입사한다면 그간의 경험과 바탕이 담긴 다양한 홍
   보 방법을 통해 회원들을 유치하는 일에 기여하고 싶습니다.
B. 00기업에 입사해 그간의 경험과 바탕이 담긴 다양한 홍보 방
   법을 통해 회원들을 유치하겠습니다.

자기소개서는 소망을 이야기는 하는 글이 아니다. 독자로 하여금
나를 어필해 설득하는 일이다. 그렇기 때문에 단호하고 단단한 문제
를 활용해 자신감을 나타낼 필요가 있다. 특히 지원 동기나 포부를
밝히게 되는 마지막 부분에서는 확신에 차야 한다.

사소할지도 모르겠지만 문체는 글의 전반적인 분위기를 이끌어
간다. 확신에 찬 문장은 독자로 하여금 신뢰감과 확신을 들게 한다.
일을 하다 보면 그 일이 진짜 이뤄질지 알지 못한다. 하지만 확신에
찬 사람과 그렇지 않은 사람의 차이는 매우 크다.

STEP 4. 실패든, 성공이든 이력이다

자기소개서에는 장점만 들어가서는 설득을 줄 수 없다. 단점을 어
떻게 장점화시킬 수 있느냐를 설득하는 것이 중요하다. 실패든, 성공
이든 자신이 이력이 된다고 가치관을 변화시킬 필요가 있다.

자유소개서 양식을 요구하는 경우도 있지만 자사의 양식을 요구

하는 회사가 많다. 여러 가지 질문에도 필수로 들어가는 요소가 자신의 '장점'과 '단점'을 서술하라는 것이다. 장점은 한없이 소개할 수 있지만 단점을 꺼내놓기란 쉽지 않다.

너무 솔직해도, 작성하지 않아도 마이너스 요소가 되기 때문이다. 단점을 장점처럼 보이도록 하는 문장의 기술이 필요한 것이다.

우선 단점을 여러 가지로 정리해 보자. 그리고 그 단점이 지원하고자 하는 직무역량에 얼마나 영향을 미치느냐를 따져보자. 직무역량에 해가 되는 단점을 버리자.

기자로서 글쓰기가 부담스럽다.
영업직으로 지원하는데 부끄러움이 많고 사람을 만나는 것이 두렵다.
인바운드 상담직인데 전화 받는 것이 어렵다.
임원 비서직인데 꼼꼼하지 못하다.

예를 들었지만 인사담당자라면 면접조차 하지 않을 예시다. 하지만 많은 사람들이 실수한다. 단점을 그대로 쓴다. 포장하지 않고 말이다.

단점은 극복 가능하거나, 장점으로 활용할 수 있는 것을 서술하는 것이 좋다. 입사 후에도 충분히 극복 가능한 것들로 서술한다. 혹은 직무와는 상관없는 개인적인 단점을 제시하는 것도 괜찮은 방법이다.

극복 가능한 단점들을 제시하고 구체적인 해결방안을 제시함으로써 단점이 극복되었을 때에 회사에 줄 수 있는 좋은 영향을 구체적으로 설명하는 것이 필요하다.

아니면 장점으로 바꿀 수 있는 단점을 예로 드는 방법도 좋다. 자기소개서 속에서 독자인 인사담당자들이 보는 시점을 바꿀 수 있도록 단점을 소개하는 것이다. 오히려 단점을 장점으로 어필할 수 있는 사람이라는 이미지도 부각시킬 수 있는 방법이다.

"이력들을 보면 1년 안에 그만둔 회사가 많다는 것을 알 수 있습니다. 약 3년 간 다섯 군데를 이직했다는 것은 어쩌면 '꾸준하지 못하다', '성실하지 못하다'는 이미지로 보일지도 모르겠습니다. 하지만 경험적인 측면으로 보면 장점이 될 수 있습니다. 그만큼 다양한 경험을 했기 때문입니다. ㅇㅇ분야에서는 ㅇㅇ의 경험을 살려볼 수 있으며......."

실제로 사회 초년생 때는 이직률이 높다. 그렇다 보면 이 이력들이 단점이 될 확률이 높다. 직장생활 3년 차 때 실제로 면접에서 질문이 나왔었다.

"1년이 안 돼서 그만둔 적이 많네요. 제가 어떻게, 무엇을 믿고 당신을 채용하죠?"

3년 동안 이직을 해 오면서 잃은 데에 초점을 두기 보다는 얻은 것에 초점을 두고 설명을 했다. 통일 관련 업무, 교육 관련 업무 그리고 최대의 실패라고 생각했던 영업직까지 경험이라는 초점을 두고 설명을 하니 인사담당자들을 설득할 수 있었다.

특히 최대의 실패라고 표현했던 일도 말이다. 두 번째 직장을 그만둔 곳이었다. 만 1년을 채우고 퇴사를 했다. 업무는 '기자'라고 하지만 '영업'에 가까웠다. '올해를 빛낸 인물' 수상 등으로 공문을 보내고 협찬금을 받는 식이다. 대형 언론사의 전면광고에 9개 정도로 인터뷰가 나간다. 모르는 사람은 신문에서 인터뷰를 했다며 자랑스러워한다. 인터뷰를 따서 신문에 실은 기자에게는 인센티브가 떨어졌다. 대략 이런 식의 업무 방식이었다. 지면 상단에는 '지면광고'라는 말이 붙어 있었다.

나는 영업에 실패했고 1년 동안 100만 원이 안 되는 기본급을 받고 일했다. 어찌 보면 실패의 기억이지만 그 속에 경험도 있다.

광고 업무를 경험해 볼 수 있었고 아웃바운드의 개념도 1년간 경험해 봤다. 전화하고 공문을 보내서 인터뷰를 따는 일에 익숙해졌다. 협찬금이 없는 상황에는 인터뷰를 하도록 설득하는 일은 식은 죽 먹기가 됐다.

후에 인사담당자에게 물어보니 '면접 때 많은 것을 배우고 경험했던 것에 대한 확신이 느껴졌고, 이런 사람이라면 어려움이 왔을 때 유연하게 해결책을 찾을 수 있을 것 같았다'고 한다. 단점이 장점으로 작용하는 순간이다. 단점이 없는 사람은 없다. 중요한 것은 단점을 어떻게 장점으로 어필할 수 있느냐인데, 생각의 초점을 조금만 바꾸면 가능하다.

인사 담당자는 바쁘다 – 소제목 붙이기

팀은 팀원이 한 명 그만두면 바쁘다. 물론 사무실 전체의 인사담당자도 있지만 홍보를 담당하는 부서의 신입을 뽑기 위해서는 담당 팀에서 이력서와 자기소개서를 함께 검토한다.

구인광고를 올리면 다양한 이력서와 자기소개서가 들어온다. 하루에 20~30건이 들어오기도 한다. 인사담당자가 기준에 맞춰 분류하고 몇 개의 자기소개서를 골라 가져온다. 자기소개서를 검토하면서 팀 업무에 맞을 인재를 고른다. 대략적으로 이런 과정을 거친다.

중요한 것은 인사담당자이든, 팀의 실무자이든 바쁘다는 것이다. 시간을 아끼고 싶어 한다. 이력이 괜찮아서 자기소개를 봤는데 엉망이라면 시간이 너무 아까웠다. 결론적으로 당신의 자기소개를 보는 담당자들은 모두 바쁘다. 심한 경우에는 자기소개서 첫 문장으로만 선택 여부를 결정하는 경우도 있다. 그렇기 때문에 독자를 생각하는 글쓰기가 필요하다.

앞으로 돌아가 보자. 제목과 소제목, 첫 문장이 글의 첫인상을 좌우한다고 했다. 자기소개서도 마찬가지다. 소제목과 첫 문장으로 인사담당자들을 유혹해야 한다. 첫 번째 목표는 자기소개서를 더 읽게 만드는 것이다.

자신의 역사 돌아보기

에피소드 정리(핵심단어)

기업(학교)가 원하는 인재상에 부합하는 에피소드 선정

에피소드별로 소제목 쓰기

소제목에 맞춰 글쓰기

소제목 확정하기

앞서 다룬 이론편에서 글을 구성하는 방법을 확장시켜서 자기소개서를 구상하는 순서를 적었다. 소제목을 쓰면 글에 짜임새가 생기기 때문에 독자로 하여금 글에 대한 호기심을 갖게 한다.

자기소개서도 소제목을 그럴싸하게 작성해 두는 것이 좋다. 인사담당자들이 제목만 보더라도 당신이 어떤 사람인지 호기심이 생기도록 말이다.

핵심 단어 위주의 에피소드가 선정됐다면 원하는 인재상에 부합하는 에피소드를 선정해보도록 한다. 선정된 이야기는 동기, 과정, 결과, 깨달음을 포함해 글을 작성한다.

어떤 동기로 그 일을 시작하게 되었고 성공이든, 실패든 어떤 과정을 겪었는지 설명하자. 그리고 그 결과를 직무역량과 상관 지어서 결론으로 정리한다.

핵심단어 위주의 에피소드 선정→회사(학교)가 원하는 인재상에 부합하는 에피소드 선정→1차 소제목 작성→동기, 과정, 결과, 깨달음 등을 직무역량과 연관 지어 글쓰기→최종 소제목 선정

소제목을 작성해 두면 글쓴이 입장에서는 글을 짜임새 있게 쓸 수 있다는 점에서 편하다. 또한 글의 전체 구성이 산으로 가지 않고 목표한 바를 향해 나갈 수 있도록 해주기도 한다.

독자 즉 인사담당자 입장에서는 효율적으로 자기소개서를 읽고 분석할 수 있다는 장점이 생긴다. 소제목과 첫 문장에 심혈을 기울여야 하는 이유다.

자사양식의 자기소개서 작성요령 - 질문의 의도를 파악하라

자기소개서는 두 개의 종류가 있다. 하나는 자사양식의 자기소개서이고 하나는 자유양식의 자기소개서다. 자사양식의 자기소개서의 경우 질문이 제공되고 이에 대해 지원자가 답변하는 형태가 가장 많다.

모든 질문에는 의도가 있다. 자기소개서도 마찬가지다. 그 속에 회사가 파악하고자 하는 지원자의 역량이 있다는 이야기다.

① 너는 우리 회사가 무엇을 하는 곳인지 알고 있니?

대부분의 자기소개서에는 '지원동기'를 묻는 질문이 있다. 형태는 다르지만 지원동기를 묻는 질문을 통해 회사는 '너 우리 회사 얼마나 알아?' 하고 묻는 것이다. 더 구체적으로 설명하면 '우리 회사가 너를 뽑아서 돈을 주면서 일을 시켜야 하는 이유가 무엇이니?' 하고 묻는 것이다.

회사의 기본적인 정보뿐만 아니라 지원자와 회사의 궁합, 회사에 들어오고자 하는 열정 등을 파악하기 위한 질문이다.

자기소개서를 쓰면서 가장 처음에 지원동기를 써 놓는 것이 좋다. 회사에 대한 정보를 확보하고 자신이 지원하게 된 동기와 가지고 있는 능력들을 정리하기 때문에 쓰고자 하는 자기소개서의 길라잡이가 될 수 있기 때문이다. 즉 큰 틀이 될 수도 있다는 것이다.

회사에 대한 뒷조사(홈페이지, 브로셔 등 공식자료 위주)

회사의 비전과 가치관

회사의 전략

대표자의 경영 마인드

지원한 팀과 대략적인 업무

언론 인터뷰, 기사에 비친 회사

　자기소개서를 작성하기 이전 공부해둬야 하는 항목이다. 지원자가 경험에서 얻는 능력과 회사의 궁합을 설명하기 위해 좋은 자료가 되기 때문이다. 아울러 서류전형을 통과, 이후에 면접을 할 때도 큰 도움이 된다.

　문장을 작성할 때는 논리적 근거가 있어야 한다. 예를 들면 단순히 문예창작과를 나와서 기자가 되어야 한다는 식은 안 된다.

　'문예창작과를 나와서 실력은 고만고만한데 할 일이 기자밖에 없어서 귀사에 지원하게 됐다'는 말밖에 되지 않는다.

　평소 펜은 칼보다 강하다는 생각을 갖고 있었습니다. 이러한 점을 바탕으로 사회에 도움이 되는 기사를 쓰는 기자가 되고자 귀사에 지원하게 되었습니다.

지원하게 된 계기를 작성했다면 뒤에 지원하게 된 이유에 대한 논리적인 근거를 드는 것이 중요하다. 펜은 칼보다 강하다는 것에 대한 에피소드나 그런 글을 써온 과정을 간단히 쓰거나 사회에 도움이 되는 기자의 구체적인 모습, 예를 들면 탈북자들의 마음을 어루만지는 기자, 북한의 실태를 제대로 알리는 기자 등 구체적인 모습을 작성하는 것이 좋다.

개인의 관심과 경험이 얼마나 회사와 연관되어 있는지를 어필해야 하는 질문이다. '나 이거 관심 있는데 이걸로 너도 성장하고 나도 성장하고 좋잖아'라는 내용으로 전개하는 것도 좋다.

② 경험 속에서 얻는 너의 매력이 궁금하다

성장배경을 묻는 질문 속에 숨겨져 있는 의도가 있다. 20여 년간의 경험 속에서 얻은 능력을 어필하라는 얘기다. 성장배경에는 가정환경, 학교생활 그리고 그 외의 성장 속에서 겪은 일들이 주된 소재로 사용된다.

하지만 무턱대고 나열해서는 안 된다. 단순히 무엇을 했다가 아니라 그 속에서 나는 무엇을 배웠고, 그 경험이 어떻게 직무와 연결될 수 있는가를 설득해야 한다.

회사에 맞는 인재상으로 자라옴

회사가 속한 산업에 관심을 가져옴

직무에 맞는 스펙(능력, 기술, 지식을 포함한)을 갖추게 됨

위의 세 가지를 성장과정을 통해 어필해 볼 수 있다. '단순히 먹고 자랐다'가 아니라 그 과정 속에서 의도하지는 않았지만 회사에 맞는 인재로 자라왔다는 것을 매력 어필하라는 말이다.

동기 혹은 계기
관심을 갖고 발전시켜온 구체적인 사례 및 에피소드
회사의 직무역량과의 관계성

매력적으로 자신의 성장과정을 어필하기 위해 생각해 볼 것들이다. 어떻게 그 일에 관심을 가지게 됐는지로 시작해서 발전시켜 온 구체적인 사례를 소개함으로서 얼마나 관심이 있었고 어떤 능력을 갖고 있는지 소개한다. 이어 이 경험이나 스펙을 기반으로 회사를 위해 어떤 일을 하고 얼마나 성장할 수 있는지 어필한다.

사실 회사는 완벽한 인재를 찾는 것이 아니다. 그 과정 속에서의 노력이나 배움을 보고 싶은 것이다. 그렇기 때문에 경험과 성장에 초점을 맞춰서 성장배경에 대해 서술하는 것도 좋은 방법 중 하나다.

③ 네가 가진 것이 우리에게 도움이 되니?
회사는 좋은 사원을 뽑아 이익을 보아야 하는 집단이다. 그에 맞게 보수가 책정되고 사원은 회사를 위해 자신의 직무역량을 다한다.

자기소개서는 사실 직무역량에 많은 초점이 맞춰져 있다. 회사가 궁금한 것은 네가 가지고 있는 것으로 얼마나 우리 회사에 도움을 주겠느냐는 것이다.

실패한 자기소개서는 스펙을 나열하는 데서 그친다. 높은 학점과 수상실적, 자격증, 봉사활동까지 나열만 해서는 인사담당자를 유혹할 수 없다. 구체적으로

왜 하게 됐는지

무엇이 어려웠고 무엇을 배웠는지

경과를 통해 무엇을 성취했는지

문제는 해결됐는지

성과는 무엇이었는지

위의 사항은 회사가 원하는 직무역량에 맞춰서 설명해야 한다. 어쨌든 직무역량에 초점을 맞춰 설명하는 것이 포인트다.

자유 형식의 자기소개서도 앞선 3가지 내용을 기본으로 작성하도록 한다. 그래야 인사담당자들의 궁금증을 해소하고 면접이라는 다음 단계로 진출할 수 있다.

다만 정해진 질문이 없는 만큼 두 가지 방법을 취해볼 수 있다. 첫 번째는 꽤나 도전적인 방식이다. 스스로 질문하고 스스로 답하는 방식이다. 자칫하면 회사에 도전적으로 비춰져 역효과가 날 수 있는 방법이지만 역으로 참신하게 자신을 어필하는 방식으로 활용할 수도

있다.

이때 질문은 딱딱하지 않은 인터뷰 형식의 질문 방식을 택하도록
한다.

두 번째는 이야기 형식으로 만드는 것이다. 지원동기-성장과정-
포부로 이어지는 내용을 소제목으로 분류해 내는 것이다.

사람을 살리는 글을 쓰는 따뜻한 기자가 되고 싶다(지원동기).
공부는 싫지만 독학은 좋다(성장과정).
머리는 차갑게, 가슴은 뜨겁게(포부)

소제목을 작성해 봤다. 글을 쓰면서 몇 번이나 다짐하고 생각한
내용들이다. 실제로 썼던 자기소개서들과도 비슷한 내용을 담고 있
다. 인사담당자는 소제목만을 보고도 지원자가 무슨 가치관으로 살
아왔는지 대략 파악할 수 있다. 그리고 '궁금하지? 더 읽어봐도 돼'라
는 무언의 메시지를 전할 수 있다.

자기소개서는 가장 기본적으로 인사담당자들에게 자신을 어필하
는 방식이다. 어쨌든 서류 전형을 통과해야 이들의 얼굴이라도 볼 수
있다. 잘 써둔 자기소개 한 장이 있다면 어떤 회사에 지원을 하든
맞춤형으로 서류를 낼 수 있다. 자기소개서는 사회초년생들이 직장
인이 되는 첫걸음이다.

왜 하필 자기소개서일까?

왜 하필 자기소개서를 글쓰기 훈련용 교재로 삼았을까? 하는 의문이 들 것이다. 두 가지 효과를 보기 위해서다. 사회초년생들과 함께 자기소개서를 쓰면서 자기소개서를 쓰는 과정이 글을 쓰는 과정을 설명하기에 좋다는 결론에 이르렀다. 그리고 글쓰기 동기를 부여하는 것에도 안성맞춤이었다. 자기소개서는 누구든지 필요로 하기 때문이다.

첫째 자기소개서를 쓰는 과정은 글쓰기 전체를 이해할 수 있는 최적화된 훈련교재다.

앞서 얘기했듯이 글쓰기 과정은 글이라는 도구를 통해서 자신의 생각이나, 감정을 상대에게 전달하는 과정이다. 자기소개서 역시 글이라는 도구를 통해 자신을 어필하고, 상대에게 꼭 필요한 인재라는 사실을 설득하는 일인 점에서 글쓰기의 목적을 충족한다.

우리는 인생을 살아가면서 많은 상황에 직면하게 된다. 이것을 우리는 경험이라고 한다. 자기소개서를 쓰기 위해서는 경험 속에서 꼭 맞는 에피소드를 골라내고 이것을 포장하는 과정을 거친다. 많은 이야기 소스 중에서 꼭 필요한 내용을 선택하고 이를 지원하고자 하는 곳과 연관 지어서 설명해야 설득력을 갖출 수 있다. 글쓰기 과정과 유사하다. 취재한 내용들 중에 뺄 것과 강조해야 할 것을 분별하는 과정과 동일하다.

두 번째는 이 책을 통해 꼭 하고 싶은 이야기다. 대부분이 의무적으로 12년의 학교생활을 한다. 초등학교 6년, 중 · 고등학교 6년. 통합 12년 동안 학교생활을 통해 '교육'이라는 것을 받지만 자신의 삶을 돌아볼 시간은 넉넉하지가 않다.

끝없는 경쟁은 삶을 돌아볼 시간을 빼앗아 갔기 때문이다. 사회초년생들이 자신들이 무엇을 좋아하는지, 무엇을 잘하는지 알지 못한 채로 사회로 내몰린다. 심지어 무엇을 하고 싶은지도 모른다. 그저 점수에 맞춰 대학에 진학하고 취업할 뿐이다.

오래 전 글을 본 적이 있다. 한 교사가 학생에게 물었다.

"너는 왜 공부를 하니?"
"좋은 고등학교에 진학해야죠."

학생이 대답했다.

"그 다음에는?"

"열심히 공부해서 좋은 대학에 가야죠."

"그 다음에는?"

"좋은 직장도 얻고, 좋은 사람을 만나 좋은 가정도 꾸릴 거예요."

"그 다음은?"

"그렇게 살다가 죽게 되겠죠."

"너는 죽기 위해서 공부를 하는구나."

죽기 위해서 공부하는구나. 우리의 교육의 현실이 이렇지는 않을까? 자신이 무엇을 좋아하는지도 모르고 점수에 맞춰 살기에 급급하다. 취업이 안 되니 공무원시험으로 대거 몰린다. 그마저도 경쟁률이 높아졌다. 꿈이 없는 삶은 무미건조할 뿐이다.

적어도 자기소개서를 쓸 때만큼은 자신의 삶을 돌아볼 수 있다. 지원하고자 하는 대학이든, 직장이든 자신의 삶이 그들이 필요로 하는 인재임을 설득해야 하기 때문에 자신의 삶 전반을 비춰볼 수 있다.

오죽하면 자기소개서를 대필하기도 한다. 그리고 자기소개서가 아니라 자기 소설을 만들어 버리는 경우도 있다. 그만큼 삶에 있어서 자기소개서는 중요한 관문의 문을 여는 열쇠다.

자기소개서 작성 요청이 들어올 때 절대 하지 않는 것이 두 가지 있다. 직접 만나서 1시간이고 2시간이고 그의 삶을 들어본다. 그리고 직접 자기소개서를 작성하게 한다. 자신의 삶을 돌아볼 수 있는 기회를 박탈할 수 없기 때문이다.

자기소개서를 쓰면서 삶을 돌아본다는 것은 자신이 무엇을 좋아하는지, 자신이 무엇을 잘하는지, 무엇을 싫어하는지, 어떤 경험을 했는지, 또 그 경험이 내 삶에 어떤 영향을 미쳤는지 살펴보는 과정이다.

자기소개서는 글쓰기에 적합화된 교재다. 그리고 이를 통해 자신을 만날 수 있다. 취업이나 진학을 위해 작성해야 한다면 굳이 자기소개서에 많은 시간을 투자할 가치가 없다. 하지만 두 가지만으로 우리가 자기소개서를 쓰는 법을 배우고, 시간과 노력을 투자해 작성해볼 필요는 충분하다. 자기소개서를 쓰지 않을 이유는 없다.

글쓰기가 만만해졌으면 좋겠다

이번 책에서는 기획에서부터 글쓰기의 장점에 대한 것은 최대한 언급하지 않으려고 했다. 어떻게 하면 실용적인 글쓰기를 도울 수 있을까에 대해 초점을 맞췄다. 책을 100권 읽어도 실제로 써보지 않으면 글쓰기는 여전히 어려울 수밖에 없다. 그렇기 때문에 실제로 활용해 볼 수 있는 과제도 제시했다.

글쓰기에서 가장 중요한 것은 '배려'다. 작은따옴표(', ') 하나를 쓰더라도 배려해야 한다. 언제 줄을 바꿀 것인가에 대한 것도 마찬가지다. 글을 쓰는 사람은 읽는 사람을 배려해야 한다.

모든 사람들에게 글쓰기가 만만해졌으면 좋겠다는 마음에서 '만만한 글쓰기'라는 제목을 붙였다. 모토는 한가지다 글쓰기는 소질이 아니라 소양이다. 특히 사회초년생들이 글쓰기를 쉽게 생각했으면 좋겠다. 단순한 줄임말로 감정을 대체하기보다 다양한 언어로 정보와 감정을 표현할 수 있도록 다양한 예시를 들었다. 그리고 문장을 훈련해 볼 수 있도록 훈련 방법도 함께 공유했다. 이는 아무 무기도 없는 사회초년생들의 잘 갈린 칼 한 자루가 될 수 있다.

글을 마무리하며 가장 중요한 것은 '훈련'이라는 결론에 이르렀다. 아무리 이론적으로 공부해도 훈련되지 않으면 실제로 무엇인가를 만들어 낼 수 없다. 누군가 훈련조교가 필요하다는 결론에도 이르렀다.

글쓰기는 무엇인가를 만들어 내는 일이다. 나의 생각이나 감정이나 느낌, 의견 등을 텍스트로 작성하는 일이다. 훈련이 없이는 경쟁력으로 만들 수 없다.

책의 기획단계에서는 '만만한 글쓰기'의 내용만을 다루려고 했다. 하지만 쓰는 과정에서 자기소개서라는 콘텐츠가 떠올랐다. '자기소개서'와 '글쓰기'는 죽도록 사랑하고 인생 속에서 많은 시간을 투자한 사회초년생, 청년들에게 꼭 필요하다는 생각이 들었다.

기본적인 글쓰기 실력과 잘 써놓은 자기소개서 한 장은 사회초년생들의 무기가 될 뿐만 아니라 그들이 삶을 돌아보는 중요한 계기가 될 것을 믿어 의심치 않는다. 이것은 물론 사회초년생뿐만 아니라 학생층과 어른세대에 이르기까지 다르지 않다. 굳이 취업이나 진학을 위해서가 아니더라도, 책을 덮은 후 자기소개서를 써보기를 추천한다. 사회초년생들에게는 자신에 대해 배울 수 있는 시간이 될 것이다. 그리고 아울러 살아가는 데 있어 필수라 할 수 있는 기본적인 글쓰기 능력을 배양할 수 있을 것이라고 생각된다. 어른에게는 삶을 돌아보는 자서전이 될 것이며, 앞으로 살아가야 할 삶의 양분이 될 것을 믿는다.

　책을 덮으며 나의 영감이 되시는 하나님과 언제나 내 편이 되어주
는 제1독자 사랑하는 아내, 가장 큰 선물인 선율이에게 감사와 사랑
을 전한다.